SCENES

DE LA VIE DES BOIS

8ᵉ SÉRIE IN-12.

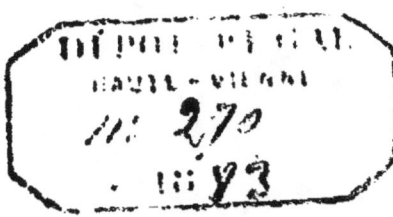

SCÈNES

DE LA

VIE DES BOIS

ET AVENTURES

EN AUSTRALIE

PAR E. P. PARMENTIN.

LIMOGES

EUGÈNE ARDANT ET Cⁱᵉ, ÉDITEURS.

INTRODUCTION.

Dans ce petit volume, ami lecteur, nous allons nous transporter en Australie, ce pays si fécond en merveilles de toutes sortes.

L'épisode qui suit n'a pas été inventé à plaisir; nous le tenons de la complaisance d'un de nos amis, qu'un long séjour sur cette terre a initié à tous les secrets de cette vie nomade et mouvementée, et à qui nous laissons prendre la parole pendant le cours du récit.

Pour compléter les détails que la mémoire de notre ami a pu nous donner, nous nous sommes aidé de l'ouvrage si spirituellement écrit de monsieur Perron l'Arc, dans lequel il retrace de la façon la plus exacte les mœurs australiennes, et où nous avons puisé quelques petits renseignements.

Puissiez-vous, chers lecteurs, vous intéresser vivement aux hardis compagnons que nous allons suivre dans leurs courses lointaines.

Avant d'attaquer l'action principale, nous allons, avec la permission du lecteur, considérer un instant le pays où nous nous trouvons.

L'Australie ou Nouvelle-Hollande est bornée à l'est par un canal qui la sépare de la Nouvelle-Calédonie; à l'ouest, l'océan Indien baigne ses côtes. Au nord, elle est séparée de la Papouasie par le détroit de

Torrès, et au sud, de la Tasmanie par le détroit de Bass.

Cette île immense, presque aussi étendue que l'Europe, mesure sept millions huit cent mille kilomètres carrés.

Elle fut d'abord appelée Terre australe, ensuite Nouvelle-Hollande, et elle reçut définitivement le nom d'Australie. Lorsque les premiers navigateurs, Cook, Tasman, y abordèrent, ils furent frappés de la beauté de cette nature, de l'égalité du climat, et de la richesse de la végétation.

La découverte de cette terre promise, qui renfermait tant de merveilles, et qui devait cacher dans son sein des trésors innombrables de fertilité, fut favorablement accueillie en Europe. Quelques colons vinrent s'y établir, espérant y trouver et au-delà tous les avantages nécessaires pour y former promptement une colonie florissante.

En effet, comment ne pas vivre heureux sous ce ciel béni ?... L'erreur fut de courte durée pour les premiers habitants, qui, ignorants des productions du pays, n'y pouvaient suffire à leurs besoins, et qui, — déception bien plus grande, — n'y pouvaient trouver d'eau.

L'Australie, il est vrai, ne possède, comme fleuve remarquable, que le Murray, au sud-est ; l'intérieur est formé de plaines assez fertiles, arrosées par des cours d'eau peu étendus, qui, sans affluents sérieux, ne peuvent arriver jusqu'à la mer. La colonie allait être abandonnée, lorsque l'on importa des Indes quelques bêtes ovines qui furent lâchées dans les prairies, et y peuplèrent avec rapidité.

Une ville se forma aussitôt, et prit le nom de Melbourne, capitale de la colonie de Victoria.

Le commerce des laines devint prospère,

les *squatters* arrivèrent en masse, se partagèrent le pays, et se disséminèrent sur toute l'étendue du territoire.

En 1851, le bruit courut en Europe que la Nouvelle-Hollande ajoutait encore à sa fertilité de nouveaux trésors, et possédait des mines aurifères.

Cette nouvelle fut bientôt confirmée, et un nombre considérable de colons partirent à la recherche de ce métal si précieux, et rehaussèrent encore par-là l'importance de Melbourne.

L'Australie n'a été traversée pour la première fois qu'en 1861, par Mac Donald Stuart, et se divise maintenant en six colonies différentes, appartenant toutes à l'Angleterre.

A l'est, la Nouvelle-Galles du Sud, la plus ancienne et la plus importante des colonies australiennes, ayant pour capitale Sidney, point de départ de toutes les laines exportées en Angleterre. Au sud, la colonie de Victoria, capitale Melbourne; l'Australie-Méridionale, capitale Adélaïde; toutes deux les plus importantes par la découverte de terrains aurifères sur leur territoire.

A l'ouest, l'Australie-Occidentale, capitale Pesth. Au nord, le Queensland, ayant pour ville principale Brisbane, et le monopole du commerce de coton; puis enfin l'Australie-Septentrionale, qui a pour chef-lieu Victoria.

Ces préliminaires posés, nous allons commencer notre récit.

UNE AVENTURE

EN AUSTRALIE.

CHAPITRE I.

En 1855, je me trouvais à Melbourne.

C'était le moment où la soif de l'or y avait appelé une foule d'étrangers, et où les Golds-Fields des environs de Melbourne étaient déjà pour la plupart dévastés par l'incroyable rapacité des chercheurs d'or.

Moi-même j'avais partagé cette fièvre, et depuis le commencement de l'an-

née 1853 j'avais pris part à plusieurs expéditions tendant au but tant désiré. Nos
recherches avaient été fructueuses, et
j'avais rapporté en bon or une somme
ronde de mille livres sterling. (25,000 fr.)

Satisfait de ce chiffre, je m'en étais tenu
là pour le moment; j'étais revenu à Melbourne, où j'attendais patiemment une occasion de reprendre mes courses aventureuses.

J'avais déjà passé près de six années à
courir le buisson, à aller de station en
station dans les terres, et je n'étais point
fâché de me reposer quelques mois, pour
repartir ensuite frais et dispos à la recherche de nouvelles aventures.

J'avais avec moi un compatriote nom-
mé Anderson, un excellent garçon qui
m'avait accompagné dans mes courses
vagabondes, et qui partageait mon repos
et mon genre de vie pendant le temps qu'il
nous restait à passer dans la capitale de
Victoria.

Nous étions descendus dans un des

meilleurs hôtels, et ne songions guère aux tracas et aux fatigues que nous avions endurés pour gagner ce repos.

Un soir, je me trouvais avec mon inséparable Anderson, et nous nous promenions à pas comptés sur le port de William-Town, lorsque nous fûmes abordés par un individu qui nous tendit la main, sans prononcer une parole.

Etonné, je le regardai fixement, et j'ouvrais déjà la bouche pour l'avertir qu'il y avait là méprise de sa part, quand, à mon tour, je restai stupéfait.

— Se peut-il!... exclamai-je; mais je ne me trompe pas, c'est bien mon ami John Hasper!...

— Lui-même, me répondit ce dernier en me serrant la main à me la rompre; John Hasper qui ne t'a pas oublié, et auquel, je gage, tu ne pensais plus?... Et ce cher Anderson!...

— Mais, si certes, répondis-je, nous nous sommes bien souvent demandé ce que tu étais devenu; nous t'avons cher-

ché partout, mais il paraît que le but de
ton voyage était bien secret, puisque personne n'a pu nous dire où tu étais allé.

— C'est vrai, reprit John, je n'en avais
parlé à personne ; donc, rien d'étonnant
que vous ne m'ayez pas trouvé. Il faut d'a-
bord que je vous dise que j'ai fait une excellente affaire ; à peine si je suis resté
deux mois absent, et je rapporte... de-
vinez!

— Trois cents livres! répondis-je avec
assurance.

— Tu n'y es pas encore, mon cher,
s'écria Hasper avec un sourire triomphant,
tu t'éloignes encore de deux cents livres!

— Joli chiffre, murmura Anderson.

— Explique-nous donc ton absence, demandai-je à mon ami. Il y a au moins quatre ans que l'on ne t'a pas vu ; tu dois
avoir fait bien des choses depuis ce
temps.

Lorsque je vous ai quittés en 1852,
commença John, je suis revenu à Melbourne avec la ferme intention de me

diriger du côté des mines d'Ararat, que l'on disait surpasser en richesse toutes celles découvertes jusqu'à ce jour.

Le commencement de ma petite fortune m'avait doué d'un appétit formidable; je changeai d'idée et je m'embarquai pour San-Francisco, où je suis resté depuis, c'est-à-dire qu'il y a trois mois j'étais à Melbourne, d'où je suis reparti presque aussitôt pour y revenir maintenant. Et vous?... demanda-t-il.

— Nous, répondis-je, nos affaires sont superbes, et avec l'aide de Dieu nous comptons reprendre nos courses dans quelque temps. En attendant, nous jouissons de l'argent gagné avec l'espérance de compléter bientôt un chiffre rond, qui nous permettra de retourner en Angleterre couler le restant de nos jours.

— Mieux vaut mourir en Australie, fit laconiquement Anderson.

— Ah ça!... s'écria joyeusement John Hasper, il n'a donc pas changé, notre ami Anderson; toujours la même teinte de tristesse, toujours la mélancolie empreintes sur les traits?... Mais, dis-moi, tu n'as donc pas envie de revoir encore une fois notre vieille Angleterre? Tu reviendras ensuite mourir ici, puisque tu y tiens absolument.

— Je ne suis plus Anglais, répondit Anderson, il y a plus de dix ans que je cours l'Australie; cette terre-là, vois-tu, Hasper, est devenue ma patrie!... Et puis, que faire?... ajouta-t-il avec un sourire indescriptible; retourner là-bas!... Je n'y ai plus personne.

Nous nous tûmes tous les deux : cette sincère douleur, et cet adieu éternel adressé à la patrie, nous touchaient profondément. Nous restâmes silencieux pendant quelques minutes, le front de John s'était subitement rembruni, et nous arpentâmes la jetée sans prononcer une parole.

— Ecoutez, nous dit tout-à-coup Hasper en nous arrêtant par le bras et en s'appuyant contre un des canons-bornes, je vais vous faire à tous deux une proposition.

— Nous t'écoutons; parle, répondit Anderson.

— Nous avons connu ensemble la vie des bois, continua notre ami, nous avons bien souvent partagé les mêmes périls et les mêmes profits, nous connaissons tous trois la prairie comme si nous y étions nés; vous plairait-il de reprendre de concert nos expéditions lointaines?

— Assurément, répondis-je.

Anderson approuva d'un signe de tête.

— Je connais, dit à voix basse Hasper en jetant un regard de défiance autour de lui, je connais un placer, qui à lui seul balance tous les Golds-Fields de Melbourne lors de leur découverte. Il y a là de quoi nous enrichir tous trois, à ne plus avoir besoin de travailler pour le reste de nos jours.

Je ne voulais pas en faire part à d'autres que vous, c'est pourquoi je vous cherchais. L'expédition sera dangereuse, peut-

être, car nous serons obligés d'entrer sur
le territoire en litige; mais rien n'est impossible à trois hommes déterminés, et à
moins que Dieu ne nous refuse son assis-
tance, nous reviendrons chargés d'or autant que nous en pourrons porter.

— Pour ma part, répondis-je, j'accepte
de grand cœur, et je te remercie d'avoir
songé à nous. .

— Tu sais bien qu'entre nous les remer-
ciments sont inutiles, interrompit John
Hasper. Et toi?... demanda-t-il à Anderson, tu nous accompagnes, n'est-ce pas?...

— Certes, répondit ce dernier. Là ou
ailleurs, nous ne pouvons pas toujours
rester à Melbourne.

Nous étions arrivés en face l'hôtel Royal-
Elisabeth, où nous habitions. J'invitai John
à nous y accompagner.

— Non, je vous remercie, répondit-il,
j'ai encore quelques affaires à régler, et je
vous donne trois jours pour faire vos pré-
paratifs de départ.

— Dans trois jours, c'est convenu, lui dis-je.

Là-dessus, John Hasper nous tendit la main, et nous nous séparâmes avec promesse d'être exacts le matin du quatrième jour.

CHAPITRE II.

Trois jours après, nous quittâmes Melbourne en nous dirigeant vers l'ouest, pour fouiller ce terrain inconnu qui, au dire de John, renfermait tant de richesses.

Alléchés par l'idée de ces découvertes, nous partîmes, la bourse légère, il est vrai, mais l'esprit plein des plus brillants rêves d'avenir. Avant d'aller plus loin, je vais faire connaître au lecteur mes compagnons de voyage.

John Hasper était l'un de mes plus anciens amis. Nous nous étions connus à la sortie du collége, et nous nous étions liés d'une amitié rendue indissoluble par les bonnes qualités et l'excellent cœur que possédait Hasper.

Mais nous avions été forcés de nous séparer, la voie que nous suivions n'étant plus la même. John avait des idées industrieuses, et était venu à Sidney pour y faire l'élevage du mouton, et par conséquent le commerce des laines.

Il avait d'abord parfaitement réussi, et s'était créé une petite fortune en l'espace de cinq années ; mais rien n'est parfait en ce monde, et au moment où le brave garçon se félicitait lui-même du succès de son entreprise, la station qu'il occupait près des extrêmes frontières des Nagoornoohs avait été incendiée par ces derniers, qui, pensant que la domination anglaise s'étendrait encore davantage et finirait par envahir leur pays, faisaient une guerre acharnée aux Européens.

Ses troupeaux lui ayant été enlevés, il ne voulut pas en racheter d'autres, et se décida à venir à Melbourne pour y chercher un nouveau moyen d'existence qui lui perm't de reconstruire en peu de temps la fortune qu'il avait perdue.

A cette époque, j'arrivais de San-Francisco, et la première personne que j'aperçus à Melbourne fut mon ami Hasper. Retrouver un ami que l'on pensait ne plus revoir, un compatriote, lorsque l'on est tellement éloigné de sa patrie, c'était un véritable bienfait du ciel. En ce moment la situation aurifère de l'Australie commençait à se révéler, et nous étions partis avec quelques hardis compagnons pour explorer des placers que l'on venait de découvrir.

Cette spéculation nous avait été heureuse, nous avions fait ensemble deux ou trois campagnes, jusqu'au moment où John Hasper nous avait abandonnés pour aller à San-Francisco.

Notre ami était un homme de quarante ans, possédant une force d'Hercule, et le cœur le mieux trempé qu'il fût possible de trouver. C'était un agréable compagnon de route, qui savait à propos vous distraire de vos préoccupations, et qui connaissait toutes les stations, tout le pays, comme s'il l'eût parcouru depuis son enfance.

Anderson, lui, était tout l'opposé de John Hasper, non pas que je veuille dire par-là que ce ne fût pas un excellent cœur; mais son caractère empreint de mélancolie le rendait ennuyeux à qui ne le connaissait pas, et le faisait facilement passer pour misanthrope. Peu de temps auparavant, il avait eu le malheur de perdre sa mère, qu'il adorait, et l'idée d'être seul au monde le défendait tellement contre la gaieté, qu'il était impossible de lui arracher un sourire qui ne fût empreint de tristesse.

Maintenant que je vous ai fait connaître mes deux compagnons de route, il me reste à vous dire que John Hasper, la prudence même, nous avait adjoint deux Mexicains, dont il avait fait la connaissance à Tampico, et avec lesquels il avait déjà couru la forêt.

L'un se nommait Pedro, l'autre Areveja.

De même que nous, ils étaient depuis

longtemps coutumiers de cette vie aventureuse, et ne manquaient jamais une occasion de ce genre, surtout lorsqu'elle
était aussi brillante que promettait d'être
la nôtre.

Pendant les premiers jours de marche,
rien ne s'offrit d'extraordinaire; nous
cheminions de l'est à l'ouest, suivant toujours ces chaînes rocailleuses peu élevées
qui forment l'arête de la Nouvelle-Hollande, nous arrêtant quelquefois pour
fouiller le sol ou briser quelques morceaux
de quartz.

Anderson, notre taciturne compagnon,
se sentait renaître, sous l'influence de ces
senteurs des bois, sous l'ardeur de ce
soleil bienfaisant, à la vue de cette belle
nature qui s'épanouissait de tous côtés, et
étalait à nos yeux ses splendides magnifi-
cences.

Comment ne pas se sentir ébloui par la
contemplation de ces merveilles, lorsque
l'on est insoucieux du lendemain, que l'on
voit les portes de l'avenir ouvertes devant

sol, et que l'on a dans le cœur la confiance en Dieu?...

Environ après quinze jours de marche, après avoir passé à gué plusieurs cours d'eau, franchi quelques collines, nous nous trouvâmes subitement arrêtés par une rivière qui coulait calme et limpide entre deux riants vallons couverts de gommiers.

Les eaux avaient tout l'air d'être profondes, à en juger par leur reflet bleuâtre, et John, qui, selon son habitude, ouvrait la marche, arrêta court son cheval.

— Il est inutile de vouloir passer là, nous dit-il, nous n'y parviendrons jamais.

— Remontons le courant, proposa Pedro, l'un des Mexicains, nous y trouverons peut-être un gué.

— Je connaissais cependant un passage praticable, reprit John, un peu songeur; mais nous nous sommes écartés de la route, et je ne m'y retrouve plus.

J'appuyai l'avis de Pedro, et nous nous mîmes à remonter la rivière, dont les

2

bords, couverts de grands joncs et de mimosas, offraient un tel fourré que nos chevaux s'y frayaient difficilement un passage.

Après avoir remonté un mille environ et scruté tous les endroits de la rive, nous arrivâmes enfin à une petite plaine où le cours d'eau s'élargissait sensiblement en serpentant au milieu des joncs.

— Je crois qu'ici, dit Hasper, nous pourrons traverser.

Je poussai mon cheval jusqu'aux jarrets dans l'eau, et j'attendis mes compagnons, qui restaient indécis sur la rive.

Nous entrâmes tous cinq au milieu du courant, et poussant vigoureusement nos chevaux de l'autre côté, nous abordâmes sans accident.

Le soleil commençait à décliner, la chaleur diminuait sensiblement; l'on entendait au loin les cris du grand phalanger qui annonçait la fin du jour, et les mille caquètements des autres oiseaux qui venaient chercher un refuge pour la nuit sur les arbres environnants, se mêlaient aux cris joyeux de l'opossum et aux hurlements des chiens sauvages.

Tous, d'un commun accord, nous nous décidâmes à faire halte dans ce vallon pour y préparer notre repas du soir, et prendre du repos jusqu'au lever du jour.

Nous dessellâmes nos chevaux, les débarrassâmes de tout ce qui pouvait les gêner, en ayant soin de leur mettre une entrave aux pieds, pour qu'ils ne s'éloignassent pas trop du campement.

Les Mexicains nous laissèrent là quelques instants pour aller pousser une reconnaissance un peu plus loin, pendant que nous préparions le repas. Anderson s'éloigna de son côté, et bientôt nous entendîmes une détonation suivie de deux autres.

John Hasper et moi fûmes debout aussitôt.

— Auraient-ils été attaqués?... s'écria mon ami en sautant sur ses armes et en prêtant une oreille attentive aux moindres bruits de la forêt.

— Je ne le pense pas, répondis-je; allons de ce côté.

Nous nous dirigeâmes tout d'abord dans la direction qu'avait prise Anderson, et nous le vîmes bientôt sortir des grands joncs, tenant par les pattes deux cygnes noirs de la plus belle espèce.

—Voyez, nous dit-il, je n'ai pas été malheureux !

— Mais tu as été imprudent, Anderson, mon ami, répondit Hasper. S'amuser à brûler de la poudre mal à propos, au risque de nous jeter sur le dos une centaine de natifs.

Anderson baissa la tête.

— C'est vrai, Hasper, reprit-il sans colère, j'ai eu tort; les précautions ne sont jamais à négliger.

Nous revînmes tous trois au bivac, où nous trouvâmes les deux Mexicains qui, eux aussi, avaient abattu un animal que je reconnus aussitôt pour appartenir à la famille des marsupiaux.

Nouvelle admonestation de John.

Je me saisis des deux cygnes qu'Anderson avait tués, et me mis à les plumer pendant que mes compagnons dépouillaient le kangurou.

Nous mangeâmes d'excellent appétit, et restâmes longtemps à causer, éclairés par les rayons de la lune radieuse, qui inondait le Buisson de sa pâle clarté.

Quand il nous parut l'heure de nous reposer, nous nous roulâmes dans nos couvertures, après avoir renouvelé les capsules de nos armes, et les avoir placées à notre portée.

CHAPITRE III.

Le lendemain, au point du jour, John nous réveillait par ses joyeux refrains, que l'écho du vallon lui renvoyait.

Après avoir mangé à la hâte un morceau de viande grillée et bu un verre de wiskey, nous allâmes à la recherche de nos chevaux, que nous trouvâmes un peu plus loin, se donnant à leur aise de l'herbe épaisse de la prairie.

En moins de cinq minutes ils étaient sellés, et nous partions, — suivant l'avis de John, — en descendant le cours de la rivière, pour retrouver notre route et ne point trop nous en écarter.

La gaieté la plus franche avait ses entrées dans notre petite caravane. Les propos les plus joyeux se croisaient à notre passage, sous les grands cèdres rouges et les eucalyptes gigantesques, à travers les gommiers et les ébéniers, les bouquets odoriférants d'acacias et de lilas blancs.

Les deux Mexicains surtout se distinguaient par leur bonne humeur, enchantés qu'ils étaient de l'espoir de leur future richesse, comme le leur avait promis Hasper.

Pendant trois semaines, aucun désagrément ne vint troubler le cours de notre voyage. Partout la même solitude, la même tranquillité, qui sont l'apanage des forêts australiennes. Nous approchions du but de notre voyage, car John nous avait assuré qu'il ne fallait pas plus d'un mois à un mois et demi pour atteindre les champs d'or qu'il avait découverts.

Jusqu'alors les natifs ne nous avaient inquiétés en aucune façon, et nous pensions à un traité de paix conclu dans leur esprit, lorsqu'un soir, que nous étions assis en rond autour de notre feu, et que l'un des

Mexicains, Areveja, nous racontait une de ses expéditions à San-Francisco, nous entendîmes dans le silence de la nuit le hurlement sinistre du chien sauvage, répété trois fois.

Certes, ce cri ne devait pas effrayer des hommes qui, comme nous, l'avaient entendu si souvent, et cependant un effroi instinctif nous saisit, car nous devinâmes que ce cri, — de la manière dont il avait été poussé, — était sorti, non du gosier d'un animal, mais bien de celui d'un homme.

Nous restâmes attentifs quelques instants, et bientôt dans une direction opposée trois cris semblables répondirent aux précédents.

— Voilà une chose étrange, remarqua Areveja, interrompu au milieu de son récit. Je n'ai jamais entendu le cri du chien sauvage, répété à intervalles égaux, que lorsque nous étions en guerre avec les natifs.

— Il faudra faire bonne garde, dis-je à

mon tour; mais nous sommes des fous de nous effrayer pour si peu. C'est une chose qui se renouvelle si souvent dans le Buisson.

— Ecoutez, fit John, je ne vous cacherai pas ce que je pense. Si j'avais entendu ce cri à une dizaine de milles de Melbourne, je ne m'en serais nullement préoccupé; mais à cette distance-ci, ce ne peut être qu'un cri de guerre. Souvenez-vous que nous sommes à l'avant-garde, et que nous touchons presque au territoire en litige.

— Eh !... m'écriai-je impétueusement, qu'avons-nous à redouter même d'une attaque des Nagaasnoohs!... Ne sommes-nous pas ici cinq hommes résolus et bien armés!... Avec de l'audace nous ferions reculer cent cinquante natifs.

— Tout cela est superbe, dit Anderson. Nous les mettrions en déroute dans la prairie, peut-être; mais dans la forêt, les piéges qu'ils nous tendraient nous feraient succomber les uns après les autres en moins de huit jours.

Il fut décidé que désormais, la nuit, l'un de nous resterait veiller près du feu de bivac, et serait remplacé successivement par les autres.

Je fus désigné pour les deux premières heures, et me mis à me promener de long en large, en réfléchissant à la signification que pouvaient avoir ces trois cris, et me demandant ce qui en résulterait.

Je ne pouvais croire à une attaque des natifs; car, pendant le cours de notre voyage, tous ceux que nous avions rencontrés avaient conservé l'allure la plus pacifique; aucun, en passant auprès de nous, n'avait brandi des zagaies en signe de menace, et cependant ces trois cris répétés étaient bien l'annonce officielle que les Nagaarnoohs ne manquaient jamais de donner pour le commencement des hostilités.

Bientôt fatigué de marcher, je m'assis au pied d'un ébénier, et tournai les yeux vers le magnifique coup d'œil que la nature me présentait. Derrière les eucalyptes, se montrait la corne argentée de la lune, qui montait lentement dans le ciel, faisant pénétrer sa lumière dans les interstices ménagés par l'inextricable fourré du Buisson.

Lorsque je jugeai mon temps de faction terminé, j'allai réveiller Anderson, qui dormait du sommeil des justes, et qui fut sur ses pieds dès que je le touchai à l'épaule.

Je pris aussitôt sa place, et le laissai veiller à son tour à la sécurité de notre campement.

Le lendemain, à notre réveil, nous envoyâmes les Mexicains chercher les chevaux que nous avions abandonnés à eux-mêmes, et préparâmes notre petit repas du matin.

Nous étions prêts depuis longtemps, et les Mexicains ne revenaient pas. Hasper s'impatientait, frappait du pied avec violence, prétendait qu'ils s'étaient encore amusés à chasser en route au lieu de revenir le plus promptement possible.

Anderson, qui, avec sa bonne et paisible nature, s'accommodait de toutes choses, ne laissait percer aucune nuance de mécontentement, et profitait de ce retard pour nettoyer ses revolvers.

Au bout de deux heures, le soleil était déjà bien haut lorsque les Mexicains arrivèrent tout décontenancés, abasourdis.

Nous les interrogeâmes sur ce qui leur était arrivé, et leur demandâmes où et pourquoi ils avaient laissé les chevaux.

— L'on voit bien, segnor, que vous ne savez rien, me répondit Areveja. Nous pouvons maintenant faire notre dernière prière, car, après ce qui vient de nous arriver, nous ne sortirons jamais du Buisson.

— Expliquez-vous!... s'écria Hasper, expliquez-vous plus clairement que cela! Quel est le malheur qui vient de nous frapper?... seraient-ce nos chevaux qui...

Areveja ne lui donna pas le temps d'achever.

— Vous y êtes, Hasper, lui dit-il, ce sont les chevaux qui manquent. Nous ne les avons pas retrouvés. On les a sans doute enlevés.

— Encore un bon tour des natifs! murmura tranquillement Anderson.

Nous nous tûmes tous, écrasés par cette révélation.

C'était chose horrible que de se voir abandonnés au milieu du Buisson, sans chevaux, sans autres ressources que quelques armes, et la chasse pour suffire à nos besoins journaliers.

Ce n'était pas ce qui nous restait de vivres, nous avions compté sur la vigueur de nos chevaux pour faire le trajet en peu de temps, nous n'avions emporté que juste les choses indispensables, qui étaient déjà en partie épuisées.

Nous nous regardâmes les uns les autres, et nous tâtâmes les membres pour savoir si nous n'étions pas les jouets d'un rêve.

— Allons! s'écria Hasper avec un mâle accent d'énergie, nous nous abandonnons nous-mêmes! Et Dieu, n'est-il pas là?...

N'y pensez-vous donc plus !... C'est de courage qu'il faut s'armer, et non perdre du temps en folles terreurs !

— Hasper, lui dis-je, tu sais bien que sans nos chevaux nous ne pouvons continuer notre route.

— Nous les retrouverons, me répondit-il simplement.

Nous ignorions tous ce qui s'était passé; depuis les hurlements du chien sauvage, personne dans son quart de veille n'avait entendu de bruit, et cependant nous savions que nos chevaux n'avaient pu disparaître qu'enlevés par les natifs, et que même à l'heure qu'il était plus de dix regards étaient fixés sur nous.

John Hasper, aidé des Mexicains, s'empara des selles, et s'en alla les cacher dans un buisson de cactus où il pensait les rendre invisibles aux regards de nos ennemis.

Nous nous munîmes de nos carabines, passâmes nos revolvers à la ceinture, et nous chargeâmes d'une quantité de poudre suffisante en cas d'attaque.

Puis John Hasper prit la tête de la petite troupe, et se mit à remonter la rivière vers l'endroit où nous avions lâché les chevaux, et où nous présumions qu'ils avaient été enlevés.

Quand Hasper crut être arrivé à l'endroit voulu, il nous arrêta, et courbés sur le sol, nous commençâmes à chercher les empreintes que pouvaient avoir laissées les sabots de nos chevaux sur le gazon fin de la prairie.

Anderson s'était écarté des autres, et avait été suivi de près par Pedro. Areveja s'était éloigné dans une direction opposée, ce qui fit qu'Hasper et moi nous restâmes seuls.

John se rapprocha de moi :

— Ecoute, me dit-il, dissimulons les craintes à cause de nos compagnons, surtout des Mexicains, qui se démoraliseraient complètement. A mon avis, nous ne sommes pas à bout de nos peines, si nous ne retrouvons pas les chevaux.

— Nous les retrouverons, m'écriai-je

avec autant d'assurance que si j'avais été
sûr de les tenir.

— Dieu le veuille! me répondit John.

Nous retrouvâmes parfaitement les empreintes des sabots qui décrivaient des
traces capricieuses, mais qui ne prenaient
point de direction exacte.

John était sur le point de jeter son chapeau par-dessus les encalyptes; moi, j'étais
désespéré.

Anderson siffla doucement pour nous
inviter à le rejoindre. Nous nous dirigeâmes de son côté. Courbé jusqu'à terre,
il fouillait d'un œil scrutateur les touffes
des plantes placées à ses pieds.

— Regardez, nous dit-il en nous montrant une trace invisible à d'autres que
nous, les chevaux ont passé par-là! Tenez,
continua-t-il en désignant des touffes de
bruyères roses légèrement froissées, ils y
sont tous.

— Suivons la trace, fit Hasper, nous arriverons peut-être ainsi à découvrir le
voleur.

Nous nous aperçûmes alors que l'un des Mexicains, Pedro, n'avait pas répondu à l'appel d'Anderson.

Nous allâmes à sa recherche, et le trouvâmes bientôt étalé de tout son long au pied d'un xanthorrée.

— Eh bien!... Pedro, demandai-je, que faites-vous donc?...

Il ne répondit pas, et à la couleur livide de son teint je m'aperçus qu'il était évanoui.

Je me penchai sur sa poitrine pour le faire revenir à lui.

— Relève-toi, me cria Hasper, relève-toi!

D'un bond je me relevai, et le regardai avec étonnement, comme pour l'interroger.

Sans mot dire, il s'approcha de Pedro, toujours étendu sans mouvement, tira son couteau de chasse, — une excellente lame anglaise, — et du tranchant frappa un coup sec sur la jambe du Mexicain.

Le sang coula avec abondance.

— Que faites-vous, Hasper?... lui demanda Areveja.

— Regardez, répondit-il en nous montrant le corps d'un reptile noir, long de vingt à vingt-cinq centimètres, dont les deux tronçons s'agitaient encore sur le gazon.

— La vipère sourde, m'écriai-je.

— Ce n'est rien, remarqua Hasper en faisant avaler au blessé quelques gouttes de wiskey.

Je courus à la rivière chercher de l'eau, et je lavai la blessure que la vipère lui avait faite au-dessous du mollet; John alla cueillir quelques herbes qu'il broya entre deux pierres, à la façon des natifs, et qu'il posa sur la plaie encore saignante, maintenant le tout par une bande de linge déchirée de son mouchoir.

La première douleur passée, Pedro put se relever et nous raconter qu'en cherchant les empreintes dans les hautes herbes, il avait senti subitement une vive douleur, et qu'après avoir vainement cher ché à se débarrasser du reptile, il était tombé inanimé sur le sol.

Cette aventure peu plaisante pour le malheureux avait apporté du retard dans nos recherches. Nous étions sur les traces, il ne s'agissait plus que de les suivre.

Malgré le soleil de feu qui, à cette heure du jour, nous criblait de ses rayons et faisait ruisseler la sueur sur nos visages, il fut décidé, — le temps étant trop précieux, — que l'on se mettrait en route à l'instant même.

Pedro pouvait marcher, l'enflure de sa jambe avait comp lètement disparu, grâce au spécifique de Hasper.

Nous suivîmes le vallon, baigné par la rivière, tant que les traces nous conduisirent dans cette direction. Tout-à-coup elles se coupèrent brusquement, et quand nous fûmes arrivés au bord de l'eau, nous ne trouvâmes plus rien.

— C'est un peu fort, tempêtait Hasper, suivre la piste jusqu'ici, et être mis en défaut par des coquins de sauvages. Nous avons mal cherché, il est impossible que l'on ne retrouve pas d'empreintes dans ce sable!

Nos recherches furent vaines.

Désespérés, nous quittâmes alors le vallon pour retourner à l'endroit d'où nous étions partis.

— Nous nous sommes trompés, fit observer Anderson, qui examinait jusqu'à la moindre touffe d'herbes, les natifs nous ont donné le change, c'est ceci qu'il faut suivre.

Il nous montrait, en effet, des traces nettes et plus fraîches, où se lisaient des sabots parfaitement dessinés.

Emportés par notre ardeur, par l'espoir de recouvrer notre bien, nous marchions comme des enragés, observant avec attention les lieux que nous traversions pour ne point oublier notre route et nous égarer complètement.

Du reste, John possédait une excellente boussole, qui suffisait à nous guider, lorsque nous étions embarrassés sur la direction à prendre.

Pedro souffrait de sa blessure, et mettait toute sa bonne volonté pour ne pas rester en arrière de nous.

Nous nous trouvions en ce moment dans un épais fouillis d'acacias, de cactus épineux, de hautes fougères, entourés de gommiers et d'encalyptes à la cime élevée.

Soudain, devant John Hasper, se dressa l'ombre d'un natif qui, sortant du fourré, arrêta notre compagnon au passage. Son costume se composait d'une ceinture de peau de kangurou qui lui entourait les reins et descendait sur les cuisses. Dans cette ceinture se trouvaient un couteau de silex et une hache de pierre. Ses cheveux crépus, relevés par des lianes, étaient ornés d'un diadème de plumes d'ému, et il portait aux poignets des bracelets de verroterie.

Dans la main gauche, il tenait quelques lances.

—Les hommes à la face pâle ont perdu leurs chevaux, dit-il à Hasper.

—Tu le sais mieux que nous, Warbunga, répondit ce dernier, qui entendait parfaitement la langue native; c'est peut-être toi qui as dépouillé les hommes blancs.

Le natif se redressa de toute sa hauteur, son œil s'illumina d'un reflet farouche, et il répondit d'un ton qui prouvait assez que cette supposition de John l'avait froissé :

—Mon frère pâle sait bien que Warbunga n'est pas un voleur, pour prendre le bien des autres.

—Oui, continua Hasper en poussant un soupir, nous avons perdu nos chevaux, et nous nous demandons la cause de cette rapine des guerriers de ton kraos.

—Ce n'est pas dans ma tribu, fit Warbunga; c'est dans celle des Nagaarnoohs que l'oiseau de paix ne sommeille plus sur les branches.

—Pourquoi?... demanda John.

—Parce que tes frères veulent prendre aux guerriers ce qui leur appartient, tuer leurs kangurous, et les chasser de leurs wigwams.

— Nous n'avons jamais eu cette intention; nos idées, au contraire, sont pacifiques : nous ne voulons que du bien aux guerriers nagaarnoohs.

— Ils ne te croiront pas.

John réfléchit un instant.

— Warbunga, dit-il tout-à-coup, veux-tu nous aider à retrouver nos chevaux ?...

— Peut-être, répondit le natif.

— Je te donnerai en récompense ce que tu voudras.

— Même ceci? s'écria le natif, en désignant d'un coup d'œil de convoitise le superbe couteau de chasse que John portait suspendu à sa ceinture.

— Même ce couteau.

Warbunga resta pensif.

— Mes frères pâles retrouveront leurs chevaux, répondit-il à Hasper.

Puis, pour sceller le serment, il posa ses deux mains à plat sur les cuisses de John, et répéta la même phrase. L'indigène était lié par là, il ne pouvait désormais aller contre sa parole.

Warbunga appartenait à une petite tribu voisine de celle des Nagaarnoohs, n'avait pas de résidence fixe, et menait la vie aventureuse des bois. Quelquefois il se hasardait à aller vers une station anglaise située à une soixantaine de milles en arrière pour y échanger des peaux d'animaux, que l'on lui payait en verroteries, en couteaux, et toutes futilités de ce genre, dont le natif se parait avec gloire. C'était, pour mieux dire, un des esprits les plus avancés du pays, un de ces guerriers qui, ambitieux de tous les prodiges que possédaient les Européens, avait osé s'approcher d'eux pour s'en procurer.

Il avait souvent servi de guide à Hasper, c'est ce qui explique la connaissance parfaite qui existait entr'eux deux.

Pour nous, Warbunga était une précieuse acquisition. Le rusé coquin savait parfaitement à quelle tribu appartenaient les natifs qui nous avaient ainsi dépouillés

à leur profit, et avait saisi cette occasion
de se rendre utile, afin de se faire récompenser. Il changea aussitôt l'ordre de la
marche, et nous entrâmes dans un espace
sablonneux, parsemé de roches de granit,
où nous ne lisions plus aucune empreinte.

John marchait à côté de lui.

— Warbunga, lui demanda-t-il, depuis
quand les guerriers nagaarnoohs ont-ils
pris la couleur blanche et poussé leur cri
de guerre?...

— Deux soleils, répondit laconiquement
le natif.

— Et tu sais qui nous a enlevé nos
chevaux?...

— L'Aigle-Rouge et quelques guerriers
de sa tribu.

— Dans quel but?...

— Mon frère pâle est simple. Pourquoi
les auraient-ils pris autrement que pour
vous empêcher d'aller plus avant, et de
dévaster leurs kraos?

— Tu savais que nous étions dans le
Buisson?...

— Je le savais.

— Tu étais avec les guerriers nagaarnoohs ?...

— Je ne déteste pas les hommes au
visage pâle, et je n'ai pas de raison pour
leur faire du mal.

Sous le soleil de feu qui nous accablait,
nous avions peine à marcher. Warbunga
seul semblait à son aise, et en dépit de la
sueur qui lui ruisselait sur le corps, il allait
avec une rapidité telle que nous avions
peine à le suivre.

Nous n'étions plus abrités par le feuillage verdoyant du Buisson, et n'avancions qu'avec difficulté sur un terrain
parsemé de quartz à chaque pas. Depuis
le commencement de notre voyage, nous
avions assez régulièrement suivi les cours
d'eau, et n'avions jamais eu à nous plain-
dre sous le rapport de la soif.

Mais, cette fois, nous ne pouvions jouir
du bonheur de nous désaltérer dans une
eau fraîche et limpide; nous ne possédions

que du wiskey, qui nous déchirait la gorge et nous altérait encore davantage.

Je m'approchai de Warbunga, et lui demandai s'il savait où trouver de l'eau.

— Plus loin, me répondit-il en me regardant, mon frère pâle pourra boire à sa soif.

Je fus étonné. Cette nature déserte, où l'on n'apercevait au loin qu'un bouquet d'encalyptes, et auprès de nous qu'un vieux chêne boudeur, ne me donnait pas idée de l'endroit où l'Australien allait trouver de l'eau. Je rattrapai mes compagnons, appelant de toutes mes forces le moment où je pourrais apaiser à mon aise la soif ardente qui me dévorait.

Lorsque nous arrivâmes sous les encalyptes, Warbunga s'approcha d'un des troncs, et se baissa vers les racines qui sortaient du sol; puis tirant de sa ceinture de cuir son couteau de silex, il fendit l'écorce et me fit signe de regarder.

De la fente pratiquée dans la racine, je vis sortir deux grosses larmes, qui se changèrent bientôt en un petit jet d'eau claire. Je me baissai immédiatement, appliquai mes lèvres sur la blessure, et me mis à aspirer avec délices cette eau fraîche tant désirée.

Mes compagnons m'imitèrent, chacun choisit sa racine, et l'on n'entendit plus que des soupirs de soulagement s'échapper de toutes les poitrines.

Warbunga ramassa une poignée de terre, l'humecta de l'eau qui sortait de la racine, et l'introduisit, en la pressant, dans la fente.

Aussitôt l'eau cessa de couler.

— Sans cela, me dit-il, l'arbre mourrait.

Cet arbre bienfaisant était un encalyptus globulosus de la plus forte espèce, géant qui tient une place immense dans toute l'étendue des forêts vierges de la Nouvelle-Hollande. Ses énormes racines émergent du sol et contiennent cette sève, qui se fait jour lorsque l'on perce l'écorce, et qui est si utile à l'explorateur mourant de soif dans des parages où il ne se trouve aucune source. Sa hauteur est immense; on ne peut mieux le comparer qu'aux cèdres, en disant toutefois que bien souvent il dépasse bon nombre de ces derniers.

La marche interrompue fut reprise, et après avoir traversé un assez long espace de plaines arides et désolées, nous arrivâmes à un vallon ombragé de partout, où nous nous engageâmes à la suite de notre guide.

Nous rentrions dans la forêt.

Le soleil arrivait à son déclin et perdait graduellement de sa force. Warbunga nous mena dans un fourré, où les salsepareilles fleuries se croisaient en tous sens, où les hautes fougères dépassaient nos têtes, nous recommanda le plus profond silence, et partit en courant, après nous avoir dit :

— Warbunga n'a pas deux paroles, il a promis; ce soir vous aurez les chevaux.

— Décidément, nous dit Hasper, je crois que nous avons Dieu pour nous, car sans la rencontre de ce natif, nous n'aurions jamais retrouvé les traces.

— Qui nous dit, interrompis-je soudainement, qu'il ne nous a pas menés ici pour nous livrer plus facilement?

— Tu ne connais pas son caractère, me répondit John. Puisqu'il a accepté de nous rendre nos chevaux en échange de mon couteau, c'est qu'il tiendra sa promesse, car cette arme est trop convoitée par lui pour qu'il ne fasse pas si peu de chose afin de la posséder.

Nous étions depuis plus de deux heures à la même place, lorsque Hasper me tira doucement par la manche en m'indiquant de l'œil un épais buisson de mimosas qui se trouvait à quelques pas de nous, sous les branches protectrices d'un cèdre.

— Là, me murmura-t-il à l'oreille, ne vois-tu rien?...

Je regardai avec attention et remarquai en effet qu'un léger frémissement agitait le buisson tout entier. Presque aussitôt une ombre passa avec la rapidité de l'éclair et se perdit dans le fourré.

— C'est un guerrier nagaarnooh, dis-je à Hasper, nous sommes épiés de tous côtés.

Au même instant, avant que nous ayons pu nous rendre compte de la route qu'il avait suivie pour arriver jusqu'à nous, Warbunga se dressa au pied d'un encalypte.

— Que mes frères songent à remplir leur promesse, dit-il. J'ai tenu la mienne.

— Tu as les chevaux?... demanda Anderson.

— Ils sont là.

Anderson s'éloigna aussitôt et revint en ramenant trois de nos montures. Areveja l'avait suivi et ramenait les deux autres.

Malgré le silence qui nous avait été recommandé, nous eûmes grand'peine à retenir un hourrah de triomphe; mais chacun, selon l'ordre exprès de Warbunga, contint intérieurement sa joie pour songer à retourner à la forêt où nous avions laissé nos selles.

Nous enfourchâmes nos chevaux, qui avaient encore autour du cou les cordes de roseaux attachées par les indigènes.

John Hasper tendit à Warbunga son couteau de chasse avec la gaîne de cuir.

La physionomie du natif s'illumina d'un ardent reflet de contentement, puis cet éclair disparut, et il se hàta de glisser l'arme dans sa ceinture.

— Warbunga, lui dit Anderson, veux-tu venir avec nous?...

— Où vont mes frères pâles?...

— Vers le lit du soleil.

— Et que vont-ils y faire?...

— Chercher de l'or, Warbunga, répondit John.

Le guerrier haussa les épaules d'un air du plus suprême dédain. Il ne pouvait comprendre qu'on recherchât si loin un métal dont lui, Warbunga, faisait si peu de cas.

—Je ne puis aller avec mes frères pâles, reprit-il, car je n'ai pas besoin d'or.

— Ecoute, Warbunga, fit Hasper, si tu veux nous servir de guide jusqu'où nous avons l'idée d'aller, je te promets de te donner le *tonnerre* que tu admires tant.

Et en même temps il frappa sur sa carabine.

— Bien, répondit le natif en se livrant à une foule de démonstrations de joie, je conduirai mes frères pâles où ils voudront.

Il prit alors la tête de la troupe et nous conduisit toute la nuit par monts et par vaux, à travers la forêt. Il connaissait merveilleusement sa route, et ne s'écartait pas d'une ligne de celle qu'il nous avait fait suivre pour venir.

Le lendemain, au point du jour, nous arrivâmes à l'emplacement de notre bivac, où nous retrouvâmes heureusement nos selles comme nous les avions laissées.

CHAPITRE IV.

Nous nous reposâmes une partie de la journée, les émotions de la veille nous ayant sensiblement fatigués, et nous profitâmes de ce répit et de la bonne volonté de Warbunga pour hasarder quelques questions sur les intentions des naturels.

— Ainsi, disait John Hasper, l'Aigle-Rouge a juré guerre à mort aux hommes pâles?

— Oui, répondit Warbunga, l'Aigle-Rouge a juré de ne rentrer à son wigwam qu'avec ta tête et celle de tes frères.

— Et qui aidera l'Aigle-Rouge?...

— L'Opossum-Noir, qui a allié sa tribu à celle du grand chef, pour la destruction de tous les hommes blancs.

— L'Aigle-Rouge et l'Opossum-Noir sont encore dans leurs kraos respectifs.

— Oui, mais demain ils seront rendus ici.

— Demain!... m'écriai-je. Comment sais-tu cela, Warbunga?...

— Des guerriers de la tribu de l'Opossum-Noir me l'ont dit. Ce sont eux qui avaient enlevé les chevaux.

— D'abord, fit observer John, tu nous avais dit que c'était l'Aigle-Rouge.

— Je m'étais trompé, répondit le natif avec assurance.

John le regarda en face, aucun trouble ne se lisait sur le visage noir de son interlocuteur.

— Si mes frères pâles ne se mettent pas en route avant la fin du jour, reprit-il, ils seront massacrés demain.

— Nous partirons aujourd'hui même, se hâta d'ajouter Hasper.

L'ordre de départ fut donné, nous sellâmes nos chevaux, que cette fois nous avions eu la précaution d'attacher près de

nous à des pieux fichés en terre, et nous
nous enfonçâmes dans la forêt, guidés par
Warbunga, qui escaladait lestement les
hautes racines sortant du sol, et qui s'a-
musait à brandir sa zagaie et à agiter son
tomahawk sur des ennemis imaginaires.
Le soleil était couché et nous nous dispo-
sions à franchir une petite clairière mé-
nagée entre de grands cèdres, quand nous
nous arrêtâmes subitement.

Nous venions d'entendre le hurlement
du chien sauvage répété à plusieurs re-
prises, et dans des directions différentes.

— Cette fois, me dit Hasper, nous sau-
rons ce que c'est.

Puis s'approchant de notre guide.

— Warbunga, que signifient ces hurlements?...

— Le cri de guerre des Nagaarnoohs.

— Ils vont nous attaquer?...

— Peut-être.

— Il serait prudent, proposa Anderson,
d'établir notre campement dans la clai-

rière, dont les arbres élevés nous cache-
ront parfaitement.

— Adopté, fit Hasper, nous serons très-
bien ici.

Warbunga, lui, n'avait pas émis d'avis.
Son œil noir était fixé sur les hautes branches d'un eucalypte.

Nous sautâmes à bas de nos montures,
et les attachâmes aux arbres voisins, pour
ne pas être une seconde fois dupes du tour
que nous avaient joué les Nagaarnoohs.

Nous nous assîmes en rond et ne voulant pas allumer de feu, nous nous conten-
tâmes pour dîner de quelques conserves
qui nous restaient encore.

Warbunga n'en vint pas prendre sa
part, et resta à son poste d'observation.

— Tiens, me dit Hasper, devines-tu ce
que guette Warbunga ?

— Non, répondis-je aussitôt, je ne sais.

John me désigna du doigt un corps
noirâtre qui se balançait mollement suspendu à une grosse branche d'un cèdre
rouge.

En ce moment, Warbunga revint à nous.

— Opossum, nous dit-il, vous allez voir.

Il s'en alla au-dessous de la branche, et commença à pousser des cris gutturaux en brandissant ses lances, et en les faisant résonner l'une contre l'autre; il ramassa tout ce qu'il put trouver à sa portée, terre, cailloux, les jeta dans l'arbre; bref, il fit un tel vacarme que l'opossum épouvanté se décida à quitter cette place inhospitalière pour chercher un refuge dans les plus hautes branches, où il pensait que son ennemi ne pourrait l'atteindre.

Warbunga resta quelques instants à considérer attentivement l'endroit où l'opossum se plaçait, puis se mit à escalader avec une agilité surprenante les basses branches du cèdre. Nous le suivîmes tous du regard, émerveillés de l'aisance avec laquelle il se balançait aux branches pour en saisir d'autres plus élevées, et de la rapidité de mouvements qu'il déployait pour rejoindre l'opossum qui, de son côté, montait toujours à mesure qu'il se rapprochait.

Cette comédie ne pouvait durer longtemps; l'opossum, forcé de s'arrêter à l'extrémité de l'arbre, se prépara à recevoir vigoureusement l'Australien, qui, le saisissant avec adresse par la queue, lui fit faire deux ou trois tours sur lui-même et le jeta à nos pieds, où nous l'achevâmes à coups de crosse de carabines.

Donnons quelques détails sur les mœurs de l'opossum.

L'opossum est un animal de la taille de nos chats d'Europe; son pelage est d'un fauve roussâtre tirant sur le brun.

Il se trouve en assez grande quantité dans les forêts de la Nouvelle-Hollande, et se classe parmi les nocturnes. Il se réfugie pendant le jour dans les trous d'arbres, et ne sort que la nuit pour faire retentir la forêt de ses cris joyeux. La femelle possède une poche à la hauteur des mamelles, les recouvrant presque entièrement, où, de même que les petits kangurous, sa progé-

niture se met à l'abri en cas d'attaque. Cet
animal ne se nourrit essentiellement que
de jeunes pousses d'arbres, de semences
et de feuilles.

Warbunga s'empressa de le dépouiller
pour en avoir la peau, que l'on coud ensemble et dont on fait d'excellentes couvertures de nuit. Les tribus australiennes
se servent toutes de peaux d'opossums
dans leurs wigwams.

Warbunga en était donc à dépouiller
son opossum, lorsque soudain Hasper
poussa un cri de douleur.

Il venait d'être frappé d'une zagaie
venue d'on ne sait où. Warbunga se con-
tenta de jeter un coup d'œil distrait sur le
groupe que nous formions autour de notre
ami, et continua sa besogne sans s'en
préoccuper davantage.

La zagaie avait été assurément dirigée
vers la poitrine, mais Hasper se levant au
moment où il avait été frappé, l'arme était
venue s'enfoncer dans les chairs de la
cuisse.

Il s'occupa aussitôt d'extraire l'os aigu qui formait la pointe de la zagaie, et qui était resté dans la plaie; ensuite il lava la blessure avec du wiskey, et l'entoura d'une bande de linge qu'il consolida par un cordon de lianes.

Au milieu de ce pansement, Anderson se tourna rapidement du côté opposé à celui auquel nous faisions face, saisit sa carabine, ajusta lentement, et fit feu.

L'écho de la forêt répercuta au loin la détonation, et tous nos regards se portèrent curieusement sur Anderson comme pour l'interroger.

Il courut à une dizaine de pas, jusqu'à un bosquet de gommiers, et nous fit signe le nous approcher.

Aiguillonné par la curiosité, je m'y élançai d'un bond, et trouvai à la place indiquée par Anderson un natif, le visage et le corps teints en blanc, — couleur de guerre, — qui se roulait dans les dernières convulsions de l'agonie. Anderson avait visé juste, la balle avait porté en pleine poitrine.

— Voilà une vipère qui ne mordra plus, murmura Anderson.

A la détonation avaient succédé les cris de plusieurs oiseaux s'envolant, effrayés, de leurs abris ; puis des rumeurs, des hurlements lointains, qui allaient toujours en se rapprochant.

—- Les hostilités ne vont pas tarder à commencer, fit Hasper ; il y a dix ans que je voyage dans la forêt sans avoir vu semblable chose. Tenons-nous sur nos gardes, et malgré notre confiance ayons l'œil ouvert sur Warbunga.

Ce dernier, après le coup de feu tiré par Anderson, s'était approché du cadavre, et nous avait dit simplement :

— C'est un guerrier de la tribu de l'Aigle-Rouge.

Puis il était retourné à son opossum.

C'était décidément un très-drôle de type que notre guide. Après quelques minutes de silence, Areveja prit la parole :

— Segnores, nous dit-il, dans la situation où nous nous trouvons, il est urgent de prendre conseil. Que devons-nous faire?... Retourner sur nos pas en nous rapprochant de Melbourne en toute sécurité, mais sans profit, ou continuer notre route à travers mille dangers que nous prévoyons tous?...

— Ne vous semblerait-il pas étrange, répondit Hasper, qu'après être venus si loin et avoir bravé toutes les fatigues que nous avons endurées, nous retournions sur nos pas, et cela abattus par les premières difficultés, qui, entre nous soit dit, ne sont pas aussi inquiétantes que nous voulons bien le croire?... Ne serait-il pas honteux pour nous, les coureurs des bois, d'entendre dire à notre arrivée à Melbourne, où tout le monde connaît à peu près le but de notre voyage, que nous avons reculé devant quelques Nagaarnoohs?...

Il y eut un moment d'indécision.

— N'est-ce pas, Warbunga, demanda

Hasper en dialecte australien, que nous pouvons aller plus avant?

Le guerrier fit un signe de tête affirmatif.

— Mes frères pâles sont braves, dit-il.

— Vous le voyez, continua Hasper, de l'aveu même d'un des habitants, nous pouvons atteindre le but de notre voyage.

Areveja releva la tête.

— Voulez-vous que je vous dise la vérité, segnor, fit-il en dardant sur Warbunga un regard de flamme, je ne crois pas à la réussite de notre projet, parce que je ne puis me tirer de la cervelle que nous serons trahis par cet individu-là.

Et il indiquait le guerrier, qui ne faisait pas attention à ce qui se passait entre nous.

— Quant à cela, Areveja, dit Anderson, vous pouvez être tranquille. Vous le voyez pour la première fois, je comprends et j'approuve votre défiance; quant à nous, qu'il a si souvent gardés dans la forêt, nous en sommes sûrs comme de l'un de nous.

Areveja branla la tête d'une façon qui voulait dire qu'il ne partageait que médiocrement cette confiance.

— Cependant, reprit à son tour Hasper, si vous avez tous quatre la même opinion, je suis prêt à retourner à Melbourne.

— Nous irons en avant, répondit Anderson.

— Du reste, remarquai-je, nous avons plus d'avantages à posséder Warbunga en notre compagnie, qu'à le voir errant à sa volonté autour de nous. Tant que nous le tiendrons en notre pouvoir, il ne sera pas bien à craindre, et la récompense promise par John a, je crois, parfaitement touché la corde sensible du natif.

Après mille observations de part et d'autre, nous nous rangeâmes tous au même avis, et il fut décidé que l'on marcherait plus avant pour atteindre ce gîte d'or qui devait tous nous enrichir, et que chacun voyait la nuit dans ses rêves. La veille de nuit fut organisée, et je pus enfin m'envelopper dans mes couvertures et m'endormir d'un sommeil qui fait oublier toutes les fatigues.

La nuit se passa tranquille, et quand Pedro, l'un des Mexicains, vint me réveiller pour le remplacer, le silence le plus profond régnait autour de nous, et n'était troublé par intervalles que par les cris du perroquet nocturne et les coassements des grenouilles.

Je me pris à penser à la vieille Angleterre, et aux souvenirs qui venaient parfois s'asseoir autour du feu de notre bivac, et quand je sortis de mes réflexions, je jetai machinalement un coup d'œil sur mes compagnons, et n'aperçus pas parmi eux la noire silhouette de notre guide Warbunga.

Les soupçons des deux Mexicains me revinrent aussitôt à l'esprit.

— Si c'était vrai! pensai-je.

Il n'y avait qu'à attendre son retour et

à continuer la route au point du jour s'il n'était pas revenu.

Quand nous fûmes tous rassemblés au réveil, nous aperçûmes l'Australien, qui revenait les épaules chargées d'un kangurou.

— Où as-tu été, Warbunga, lui demandai-je avec ironie, que tu as devancé le lever du soleil?

Le natif fixa sur moi son œil étonné, et jeta à mes pieds le corps du kangurou.

— Mon frère pâle voit bien, me répondit-il sèchement, à la chasse.

Remarquant qu'une sorte de nuage s'était étendu sur son front à la raillerie dont ma question était empreinte, je ne voulus point en hasarder une seconde, et me contentai de l'aider à dépouiller sa bête, dont il fixa les pattes à sa ceinture comme trophée, et dont les grillades nous fournirent l'élément d'un bon déjeuner.

Quand nous eûmes fini, je pris Hasper à part et l'informai de la remarque que j'avais faite de l'absence de Warbunga, lorsque j'avais commencé le dernier quart de veille.

— Mon cher, me répondit John, il est des moments où j'ai en lui la confiance la plus absolue, d'autres où je doute. Ce qu'il y a de plus certain, c'est que je me débarrasserai de lui au moindre signe de trahison.

— Sommes-nous encore bien éloignés de ton placer?...

— Environ une journée et demie de marche... mais tu me demandes cela d'un air qui voudrait presque dire que tu n'as pas hâte d'y arriver?...

— John, lui dis-je à l'oreille, c'est que c'est là que je crains de voir toutes mes prévisions se réaliser!

CHAPITRE V.

Dans la journée du lendemain, nous quittâmes le couvert des bois pour nous enfoncer dans les gorges rocailleuses des collines, où par-ci par-là l'on voyait briller parmi le quartz quelques paillettes d'or.

Nous longions une rivière qui roulait ses eaux tumultueuses du sommet d'une colline assez éloignée dans l'ouest.

Warbunga nous avait distraits en route par ses exploits cynégétiques.

L'Australien est de sa nature un Nemrod incarné. Il ne peut voir aucun animal sans s'attaquer à lui, qu'il ait ou non besoin de sa chair pour ses besoins journaliers.

Le natif suivait avec une attention soutenue les traces que pouvait conserver le sable, et là où nous ne voyions rien, il découvrait soit le passage d'un ému, soit l'empreinte des griffes d'un kangurou.

Tout-à-coup il s'arrêta, nous fit signe de rester en arrière, et s'avança seul, attentif aux moindres bruits qui pouvaient se faire entendre au loin.

Nous étions parfaitement dissimulés derrière un épais bouquet de gommiers, et suivions avec intérêt toutes les opérations de l'indigène, sans songer que sur le moment même nous avions peut-être une centaine de natifs sur les talons.

Warbunga était immobile comme s'il avait été de pierre, et nous nous crevions les yeux à chercher ce qu'il regardait si attentivement, quand Areveja nous en fit apercevoir.

Nous vîmes alors dans la prairie un kangurou mâle de la plus belle espèce, le kangurou géant des naturalistes, broutant paisiblement le gazon fin qui s'étendait devant lui. Tout-à-coup, il dressa l'oreille...

malgré les précautions que prenait Warbunga pour s'en approcher, il lui semblait avoir entendu quelque chose.

Il resta ainsi quelques instants, puis se remit à brouter en pleine sécurité.

Warbunga s'était arrêté dès qu'il avait vu le kangurou relever la tête, était resté immobile; puis, la lance à la main, il avait repris sa marche, prêt à lancer le coup fatal aussitôt à portée.

La lance partit en sifflant, lo kangurou tomba lourdement sur le sol, et Warbunga vint avec orgueil se faire complimenter pour son adresse.

Nous arrivâmes bientôt à un endroit où le lit de la rivière semblait devenir plus profond, au milieu de ses roseaux et de sa bordure de grands joncs, qui dans la Nouvelle-Hollande sont l'ornement obligé de tout cours d'eau.

— Nous allons franchir ce bras, nous dit Hasper, je me souviens l'avoir déjà passé au même endroit.

Anderson prit Warbunga en croupe, et nous entrâmes dans la rivière.

Le silence le plus profond régnait autour de nous.

Soudain, lorsque nous fûmes au milieu du courant, et que nos chevaux ayant perdu pied, se laissaient, malgré nos efforts, dériver au fil de l'eau, nous reçûmes une averse de zagaies dont deux seulement nous atteignirent.

L'une frappa légèrement le cheval d'Hasper, l'autre m'effleura la tête en m'enlevant mon chapeau.

Je sentis le sang me couler sur le visage, mais il était impossible de s'arrêter en pareil chemin. Nous abordâmes à la rive opposée, où nous essuyâmes une seconde décharge.

Warbunga était resté impassible, et n'avait pas soufflé mot. Aussitôt au rivage, il avait sauté à terre, et d'un œil indifférent nous avait regardés armer nos carabines.

John donna le signal de l'attaque. Nous

nous ruâmes vers les cactus voisins en déchargeant nos revolvers sur ceux des indigènes que nous apercevions à portée. Deux ou trois tombèrent en poussant leur cri de guerre, et les autres se dispersèrent avec tant de rapidité qu'il nous fut impossible de les rejoindre.

Ils n'en demandaient pas. davantage. Les détonations successives des armes à feu, dont ils commençaient cependant à prendre l'habitude, les avaient tellement effrayés, que leur détermination les avait abandonnés, et qu'ils s'étaient décidés à s'enfuir.

Nous étions donc tous les cinq intacts, ou à peu près, car la blessure que je portais à la tête ne présentait aucun caractère de gravité, la pointe de la lance ayant simplement déchiré le cuir chevelu.

Je me pansai le mieux que je pus, et nous reprîmes notre route vers les champs d'or, où John espérait arriver avant la nuit.

En traversant un buisson d'acacias,

nous aperçûmes une ombre qui se glissait avec précaution à notre suite. Anderson descendit doucement de cheval, et avant que l'indigène ait eu le temps de s'enfuir, il le saisit, le terrassa et le prit à la gorge.

Nous nous rassemblâmes autour de lui, et nous nous demandâmes le parti qu'il fallait prendre.

Il n'était guère loyal d'égorger un ennemi vaincu, et cependant...

— Attendez, segnores, s'écria Pedro en armant un de ses revolvers et le dirigeant vers le natif, son compte est bon !

Nous regardions anxieusement Hasper, comme si de lui seul eût dépendu le salut du prisonnier, qui fortement serré à la gorge par Anderson, poussait des râles étouffés.

— Un instant, arrêta John, ce guerrier peut nous donner d'utiles renseignements sur les intentions des siens. Il faut être diplomate avant tout pour ses intérêts; emmenons-le.

Nous lui attachâmes les pieds et les

mains, et Anderson, l'Hercule de la bande, le plaça en travers sur sa selle.

Warbunga s'approcha de Hasper et le toucha du doigt.

— Mon frère pâle sait-il qui il vient de faire prisonnier?...

— Non, répondit Hasper, mais je le saurai si tu veux me le dire.

— Mon frère pâle est favorisé, murmura l'Australien en essayant de grimacer un sourire, pendant que le captif dardait sur lui des yeux de flamme : il a pris l'Opossum-Noir !

John regarda fixement l'indigène.

— Ce n'est pas possible, balbutia-t-il ; tu mens !

— Warbunga ne sait pas mentir avec ses amis, ricana notre guide ; c'est bien l'Opossum-Noir que ton frère a couché sur sa selle !

John nous fit aussitôt part de cette heureuse prise, et nous en fit ressortir tous les intérêts.

C'était avoir Dieu pour soi que de s'em-

parer, dès la première attaque, d'un des
plus grands chefs de la tribu des Nagaarnoohs, l'un de ceux qui avaient organisé
contre nous cette résistance énergique
par laquelle l'indigène défend son sol natal
contre l'invasion européenne.

L'Opossum-Noir était connu dans le
Buisson comme un guerrier redoutable, à
qui tous les wigwams étaient ouverts, et
que chaque tribu se faisait un honneur de
recevoir dans son kraos.

L'espoir commença à renaître dans notre
petite troupe en apprenant cette nouvelle,
qui allait peut-être nous mettre à l'abri de
toute tentative et de toute attaque des
tribus australiennes, de peur que nous ne
les privions du plus puissant de leurs
chefs.

Warbunga, chez lequel aucun signe ex-
térieur ne se manifestait ordinairement,
était devenu d'une gaieté folle, et nous
demandait si nous emmenions l'Opossum-
Noir pour lui faire chanter son hymne de
mort.

Nous étions arrivés à la colline où le cours d'eau prenait sa source, en se précipitant d'une hauteur effrayante sur des masses de quartz et de granit amoncelées au-dessous, et où les eaux formaient des torrents d'écume et s'enfuyaient en bouillonnant dans la prairie.

John Hasper sauta lestement sur le sol.

— Est-ce là, segnor, lui demanda Areveja, que vous vous souvenez d'avoir trouvé des pépites d'or en quantité si prodigieuse?

— C'est-là, répondit Hasper sans hésiter, sur le versant opposé de la colline et sur le bord du torrent.

En un clin d'œil, nous fûmes tous à ses côtés et prîmes nos chevaux par la bride.

Anderson, lui, veillait avec attention sur l'Opossum-Noir qui, toujours étendu sur la selle, murmurait sans doute quelques menaces en appelant sur nos têtes toutes les malédictions du Grand-Esprit.

John nous conduisit jusqu'au bord du torrent, où poussaient quelques gommiers

aux troncs lisses, et nous désigna les
eaux qui retombaient en cascades dans le
lit de la rivière.

— Là, nous dit-il, j'ai dans l'idée qu'il
doit y avoir de l'or à remuer à la pelle,
mais le travail serait trop difficile ; nous
nous en tiendrons à l'autre côté.

Nous nous dirigeâmes vers le versant
opposé de la colline, où Areveja ramassa
quelques morceaux de quartz, qu'il émietta
rapidement et vint nous mettre sous les
yeux. John ne s'était pas trompé ; c'était
de bel et bon or qu'il avait découvert ;
c'était un placer d'une richesse inouïe, à
en juger par les paillettes d'or qui, en-
châssées dans le quartz comme dans un
écrin, scintillaient joyeusement aux rayons
obliques du soleil couchant.

Nous établîmes notre campement parmi
les roches de la colline, en nous efforçant
de prendre une position qui nous permît
de dominer autour de nous, et de découvrir la campagne à une assez grande distance.

Nous préparâmes joyeusement le repas du soir, après quoi John nous proposa d'interroger le prisonnier, pour savoir à quoi s'en tenir sur les intentions belliqueuses des tribus voisines.

Anderson l'avait couché tout près de nous; il alla le chercher, lui retira les liens qui lui attachaient les jambes, et l'amena devant le tribunal improvisé que John, les deux Mexicains et moi nous avions formé.

Warbunga aussi y était venu prendre sa place; ses lèvres étaient agitées d'une sorte de tremblement convulsif, comme s'il eût voulu parler, sa main tourmentait ses lances, et il enveloppait le chef d'un regard tellement chargé de haine, que nous fûmes presque effrayés des éclairs qui jaillissaient de sa prunelle.

— L'Opossum-Noir... commença Hasper.

— Tu te trompes, interrompit l'Australien, je ne suis pas l'Opossum-Noir.

— Il a menti, s'écria Warbunga en

s'élançant d'un bond près de lui; il veut se cacher, parce qu'il craint la mort.

Le prisonnier eut un sourire de dédain.

— Depuis quand, fit-il d'une voix railleuse, Warbunga soutient-il les hommes au visage pâle, et insulte-t-il les guerriers qui ne peuvent se défendre?...

— Silence, commanda Hasper à Warbunga.

L'indigène retint un frémissement de rage, et vint se rasseoir près de nous.

— Ce guerrier prétend, continua Hasper au prisonnier, que tu es bien celui que l'on désigne sous le nom de l'Opossum-Noir.

— Oui, répondit le chef, je le suis.

Warbunga poussa un ricanement de triomphe.

— Pourquoi, demanda Hasper, les guerriers de ton kraos et ceux de l'Aigle-Rouge ont-ils attaqué les hommes pâles sans que jamais ceux-ci aient touché à leurs wigwams, ou dérobé une seule lance?...

— Les guerriers de ma tribu, fit l'Opossum-Noir, n'ont pas attaqué, ils se sont défendus !

— Nous ne voulons pas de mal aux guerriers nagaarnoohs, nous ne leur demandons que la paix.

Le chef ne répondit pas.

— Nous allons tenter la chance, nous dit Hasper.

— Ecoute, l'Opossum, continua-t-il, l'heure de chanter ton hymne de mort n'est pas encore venue, les hommes pâles ne sont pas méchants, ils te rendront la liberté si tu veux leur promettre, au nom des guerriers de ta tribu, que jamais tu ne pousseras contre eux ton cri de guerre.

— Je ne puis rien promettre avant d'avoir consulté les miens, répondit l'Opossum avec un sourire empreint de duplicité, et je ne puis rien faire si je n'ai pas ma liberté.

John Hasper délia les cordes qui lui attachaient les mains.

— L'Opossum, lui dit-il d'une voix grave

et solennelle qui résonna dans son cœur comme un timbre d'airain, je te rends libre. Malheur à toi si tu aiguises jamais contre nous la pointe de tes lances!

L'Opossum-Noir jeta un coup d'œil de haine à Warbunga, — coup d'œil que ce dernier lui rendit avec usure, — descendit la colline sans se retourner, et quelques minutes après disparut dans la forêt.

— Mon frère pâle a eu tort, murmura Warbunga en frappant sur l'épaule de John, il te hait plus maintenant qu'avant. Il te tuera à la première occasion.

— J'ai essayé ce moyen comme le plus favorable à nos projets, nous dit John; nous avons besoin de tranquillité pour accomplir nos recherches précieuses, peut-être l'Opossum-Noir nous rendra-t-il la paix qui nous est si nécessaire.

— Ce dont je doute, ajouta mélancoliquement Anderson.

CHAPITRE VI.

L'aube du jour commençait à peine à blanchir la cime des grands cèdres, que nous étions déjà debout, impatients de commencer notre travail.

La nuit s'était passée si tranquille, que nous étions portés à croire que la générosité de John avait produit son effet sur la personne de l'Opossum-Noir, et chacun de nous bâtit les plus agréables suppositions, qui aboutissaient toutes à être débarrassés des poursuites des Nagaarnoohs.

John nous donna quelques renseignements concernant les endroits où l'or devait, selon ses prévisions, se trouver en plus grande quantité, et nous nous épar-

pillâmes tous les cinq avec ordre de nous
replier sur le campement à la moindre
alerte.

Warbunga, qui s'inquiétait fort peu de
ce que nous cherchions avec tant d'ardeur,
s'était mis à aiguiser sur les roches les
pointes de ses lances, et était parti sans
nous dire où il allait.

Nous nous en inquiétâmes fort peu, ab-
sorbés que nous étions par notre travail.

Anderson s'était joint à moi, et nous
avancions lentement sur la pente de la
colline, frappant de temps en temps un
coup de marteau, ou émiettant quelques
fragments de quartz pour en extraire les
parcelles d'or que nous renfermions ensuite dans nos ceintures.

Anderson était heureux, il avait déjà
trouvé plusieurs pépites d'une grosseur
assez respectable; ce qui illuminait un
peu la figure de ce brave garçon, ordinairement plongé dans ses tristes réflexions.

Inutile de dire que nous avions tous
deux notre carabine en sautoir, et nos re-

volver passés dans la ceinture, prêts à faire feu s'il en était besoin.

Nous nous éloignions petit à petit du point où nous avions passé la nuit, et alléchés par les trouvailles que nous faisions à chaque pas, nous avancions de plus en plus vers l'ouest, sans nous apercevoir que la colline, notre point de ralliement, était déjà bien loin derrière nous.

Soudain nous entendîmes des hurlements épouvantables, et le cri trois fois répété de l'oiseau moqueur, suivi d'un coup de carabine.

C'était le signal convenu entre nous pour nous replier sur le campement.

— Hâtons-nous, criai-je à Anderson, qui était devant moi, voilà le signal.

Nous pressâmes le pas avec vigueur.

J'aperçus tout-à-coup Hasper, qui, du haut de la colline, nous faisait des signes désespérés de nous hâter. Nous prîmes le pas de course, et au moment où nous escaladions les premières roches, une nuée de Nagaarnoohs apparut derrière nous, poussant des hurlements terribles et nous criblant d'une grêle de zagaies.

— Anderson, cria Hasper, presse-toi !

Celui-ci marchait immédiatement derrière moi, le chemin que nous suivions ne nous permettant pas de passer de front. J'entendis Anderson pousser un cri de rage. Je me retournai aussitôt, et j'aperçus notre malheureux ami étendu aux pieds des guerriers, qui se précipitaient sur lui.

Par la plus grande des fatalités, le pied lui avait manqué, et malgré les efforts inouïs qu'il avait faits pour reprendre l'équilibre, il avait roulé comme une masse au milieu des cactus qui entouraient les roches.

Je me mis à couvert derrière un buisson, et ajustant les natifs qui se trouvaient le plus près de lui, je fis feu. Une détonation répondit à la mienne; je levai les yeux, et j'aperçus à la fois Hasper rechargeant sa carabine encore fumante, et deux guerriers étendus sur le sol, accompagnés dans leur chute par les hurlements sauvages de toute la tribu.

— Remonte, me cria Hasper, remonte vite!

Sans comprendre pourquoi il me donnait ce conseil, j'escaladai prestement le petit sentier, et en quelques bonds je fus près de lui.

— Tiens, me dit-il en me montrant quelques natifs qui escaladient les rochers pour essayer de me couper le passage, une minute de plus, et tu étais perdu!

En regardant autour de moi, j'aperçus un cadavre aux pieds d'Areveja. Ce cadavre, je le reconnus pour être celui de Pedro, l'un des Mexicains.

Une lance native l'avait frappé au cœur.

— Hasper, m'écriai-je, deux amis enlevés le même jour!... C'est la main de Dieu qui nous frappe!

Mes compagnons baissèrent silencieusement la tête.

— Notre expédition était maudite dès le départ, murmura Areveja.

— Pauvre Pedro! ajouta Hasper en essuyant une larme qui était venue rouler sur sa joue brunie, pauvre Anderson!...

— Anderson n'est peut-être pas mort! repris-je.

— Les Nagaarnoohs le tiennent prisonnier; ils ne lui feront point grâce!

— Et Warbunga?... demandai-je.

— Il n'est pas revenu.

— C'est lui qui nous a trahis, fit sourdement Areveja, c'est lui la cause de tous nos malheurs!

— N'accusons personne, interrompit Hasper, Warbunga n'est peut-être pas coupable!

— Songeons à vendre chèrement notre vie, s'écria Areveja en chargeant la carabine.

Nous n'étions plus que trois pour nous défendre des agressions de deux cents ennemis.

Notre position sur la colline était admirablement choisie. Les roches lisses et escarpées qui en formaient le corps principal n'en permettaient pas l'accès, et il était impossible de parvenir jusqu'à l'enfoncement où nous nous trouvions, autrement que par le petit sentier que j'avais suivi, et où un seul homme pouvait à peine passer.

En bas, l'attitude de nos ennemis avait changé. Ils ne se décidaient pas à monter, et regardaient d'un œil hébété les deux guerriers que nous leur avions tués.

Ils avaient emmené Anderson, et avaient abandonné sur le sol sa carabine et ses revolvers.

Pendant ce temps, nous prîmes conseil de ce qu'il y avait à faire pour sortir de ce mauvais pas. La fuite, il ne fallait pas y songer; nous n'avions à prendre d'autre chemin que celui que les Nagaarnoohs occupaient. Sur le versant opposé, une partie des guerriers y étaient allés établir leurs feux de bivac, et enfin derrière nous se trouvait un gouffre profond, le lit du torrent, dont nous entendions le mugissement des eaux.

John Hasper proposa d'attendre jusqu'au

lendemain, afin de savoir par-là si Warbunga nous avait abandonnés, — car, à
son avis, le natif trouverait bien une route
pour arriver jusqu'à nous, — puis, risquer
une reconnaissance pour s'emparer du
pauvre Anderson, et l'arracher aux repré-
sailles des ennemis.

John avait conservé tout son sang-froid
dans cette terrible circonstance, qui, du
reste, n'était pas la première de ce genre
dans ses courses aventureuses à travers le
désert. Areveja était calme, ou du moins
s'efforçait de l'être.

La triste fin de son ami Pedro l'avait
singulièrement affecté, et il nous répétait
sans cesse de nous préparer à la mort; car,
pour nous, disait-il, la dernière heure
allait bientôt sonner. Ce qui aggravait de
beaucoup notre position, et troublait la
cervelle du pauvre Areveja, c'est que les
quelques provisions qui nous restaient
étaient tombées au pouvoir des natifs, et
que nous ne possédions rien pour nous
mettre présentement à l'abri de la faim.

Areveja roulait dans sa tête mille projets audacieux, il parlait d'aller sur l'heure reprendre l'attaque, et nous prédisait un succès qui nous rendrait ce que nous avions perdu.

Hasper avait réussi à sauver les chevaux, et les avait placés derrière une roche où les lances indigènes ne pouvaient les atteindre.

Mais à quoi pouvaient servir les chevaux, quand nous n'avions pour les nourrir que quelques plantes maigres qui poussaient çà et là autour de nous.

Hasper, en se réfugiant sur la colline, avait abandonné le cheval de Pedro. Le pauvre animal avait eu la jambe brisée par un kiley lancé à l'adresse de son maître.

Nous attendîmes le soir, espérant que les natifs, découragés par cette attente, s'éloigneraient pour nous reprendre ensuite par la ruse dans la forêt.

Il n'en fut rien.

Le soir, autour du feu, ils entonnèrent

leur chant de guerre en exécutant d'horribles contorsions, et proférant une foule de menaces à notre adresse.

Parmi ceux que nous pûmes distinguer à la clarté de leurs brasiers, nous reconnûmes le chef que nous avions fait prisonnier, et que Hasper, confiant en l'effet de sa générosité, avait relâché.

Il était monté sur un amas de quartz, et là entouré de presque toute la tribu, il haranguait les guerriers, et brandissait ses lances.

Ses paroles devaient à coup sûr être des plus patriotiques, car il avait souvent la voix couverte par d'épouvantables cris, qui au besoin pouvaient passer pour des applaudissements.

— Voyez donc, nous disait Hasper avec un geste de suprême dédain, voilà des guerriers qui veulent passer pour braves, et qui se laissent arrêter en chemin par trois hommes !

— Mon frère au visage pâle croit peut-être qu'ils reculent, fit tout-a-coup derrière nous une voix grave, ils se trompent. Les Nagaarnoohs attendent le lever du jour pour mettre à mort ton frère qu'ils ont fait prisonnier, et ensuite ils espèrent en faire de même pour toi et tes compagnons.

Aux premiers mots, nous nous étions retournés du côté de celui qui nous parlait ainsi.

Nous restâmes muets de stupéfaction en reconnaissant Warbunga, qui revenait avec un ému sur les épaules.

— Par où es-tu venu?... demanda Hasper.

— Par là, répondit le natif en désignant le lit du torrent.

— On peut donc passer?...

— Moi, je le puis.

— Tu as été dans la forêt; sais-tu ce qui se passe pour Anderson, mon frère?...

— Oui.

— Ils sont donc décidés à le mettre à mort!

— Puis après, toi et les tiens.

— Très-agréable perspective! nous dit

6

John; heureusement nous n'en arriverons pas là !

Son front parut se rembrunir, mais aussitôt un éclair d'intelligence illumina son visage.

— Warbunga, dit-il au natif, connais-tu un passage pour quitter la colline sans être aperçu?...

— Par là, répondit le natif en montrant le précipice.

— Tu nous guideras cette nuit, reprit Hasper.

Nous le regardâmes étonnés, et cherchâmes vainement à découvrir le projet qui venait de germer dans son cerveau.

CHAPITRE VII.

Il faisait une de ces nuits grandioses, comme on n'en peut voir que dans les forêts de l'Australie. Des myriades d'étoiles brillaient au ciel, la lune montrait son disque derrière les grands encalyptes, et frappait d'argent les roches de la colline; le bruit de la cascade se mêlait aux rumeurs diverses qui partaient de la forêt.

Le bivac des guerriers nagaarnoohs était tombé dans l'obscurité. Aux cris de vengeance et aux chants de guerre, avaient succédé le calme et le repos. A la lueur indécise de leurs brasiers à demi éteints, on pouvait les apercevoir couchés, leurs lances à leurs côtés.

Hasper venait de nous réveiller doucement en nous recommandant le plus profond silence.

Nous étions debout, Areveja et moi, attendant de sa part la communication de son plan.

Il n'en fut rien.

— Partons, dit-il tout-à-coup; marche, Warbunga.

Nous les suivîmes en nous dirigeant vers le torrent

— Mettez la carabine en bandoulière, nous dit John, elle nous embarrasserait pour descendre.

Nous exécutâmes son ordre, sans chercher désormais à lire au fond de sa pensée.

Nous croyions avoir deviné.

Nous arrivâmes au bord du gouffre.

Warbunga descendit le premier, s'accrocha aux salsepareilles qui poussaient dans les excavations de roches, se balança un instant et se laissa tomber sur une petite plate-forme située au-dessous.

— Mes frères pâles peuvent venir, murmura-t-il en se tournant de notre côté.

Areveja prit la même place que le natif, se saisit des mêmes lianes, et après un moment d'hésitation se trouva auprès de ce dernier.

Cinq minutes après, nous étions tous les quatre sur la plate-forme. Nous entendions le mugissement sourd du torrent qui se brisait sur le roc, et nous sentions des gouttelettes d'eau, qui suintaient des rochers, nous tomber sur le visage.

Warbunga nous fit signe de le suivre, et reprit sa route en escaladant les obstacles qui se présentaient au devant. Il marchait sur la colline parallèlement au campement ennemi, et allait avec une rapidité telle que nous avions toutes les peines du monde à ne pas le perdre de vue sur un chemin où le moindre faux pas nous eût précipités d'une hauteur de vingt mètres dans le lit du torrent.

Cette course vertigineuse à travers les aiguilles de pierres dura près de dix minutes; nous avancions machinalement, sans nous rendre compte du danger, et nous

nous trouvâmes bientôt arrêtés à un certain endroit où un espace d'au moins deux mètres nous séparait d'une roche qui, dominant le lit de la rivière et s'avançant beaucoup au-dessus du gouffre, formait une espèce de pont coupé sur l'un des bords.

— Que mes frères blancs attendent, dit Warbunga, je vais revenir.

L'intrépide natif se laissa glisser le long des roches dans la direction du torrent, et disparut bientôt dans la profondeur des ténèbres.

Nous nous assîmes silencieusement les uns auprès des autres, les jambes pendantes dans l'abîme, considérant avec respect le magnifique tableau qui se présentait à nos yeux.

Depuis le premier malheur que nous avions essuyé, la pensée de Dieu nous revenait souvent à la mémoire. C'est surtout dans ces solitudes où l'on est abandonné de tout secours humain, que l'on pense au sublime Créateur de toutes les merveilles qui vous entourent, et que l'on implore sa protection.

Dieu ne nous avait pas abandonnés; il nous le prouva par la suite.

Cinq minutes, qui nous parurent cinq siècles, suffirent à Warbunga, qui revint chargé d'une énorme branche de cèdre. Aidé de Hasper, il la jeta sur l'autre bord, et passa courageusement le premier.

La branche fléchit sous son poids, gémit douloureusement, mais ne se brisa pas.

Cette fois, nous hésitions à nous engager sur ce frêle passage.

Un faux pas, c'était la mort!

Hasper possédait un caractère forgé d'airain, il savait que pour la réalisation de son projet il fallait quitter la colline, il savait qu'il n'existait pas d'autre route à suivre que ce passage entre terre et ciel, il fit un signe de croix, et s'engagea résolument sur la branche.

Intérieurement je fis une prière pour notre brave ami.

Quand il fut sur l'autre bord, il nous adressa un geste d'encouragement.

— Ne craignez rien, amis, nous dit-il, c'est plus qu'il n'en faut pour passer!

En prenant le bras d'Areveja, je sentis qu'il tremblait.

J'eus peur pour lui.

— Areveja, lui dis-je, passez avant moi et ne tremblez pas. Dieu est là!

— Soyez tranquille, me répondit-il, je n'ai plus peur maintenant.

Il reprit aussitôt toute son assurance.

Au moment de poser le pied sur le bois, il recula, saisi de terreur.

— Non, fit-il, allez seuls, je ne pourrai pas passer!

— Areveja, s'écria John Hasper en essayant d'étouffer le reproche continu dans sa voix, vous savez bien que nous ne sommes pas assez de deux. Nous avons besoin de vous pour délivrer Anderson, venez.

Le Mexicain avança le pied, puis voyant qu'il se tenait en équilibre, il y alla plus résolûment.

Personne ne parlait, nos poitrines haletaient d'épouvante. Quand il fut arrivé à un pied de l'autre bord, il perdit l'équilibre, en butant sur un rejeton de la branche, et tomba fort heureusement dans les bras de Hasper, qui s'avançait pour le saisir.

C'était à moi de passer.

Je mis la main sur mon cœur pour en étouffer les battements.

— Courage, me dit Hasper.

Une minute après, j'étais sur l'autre bord.

Ce passage avec toutes ses réticences nous avait au moins coûté une demi-heure. Dans deux heures environ, l'aube du jour allait se lever.

— Hâtons-nous, murmura Hasper, nous n'avons pas de temps à perdre si nous voulons le sauver !

Guidés par Warbunga, nous descendîmes vers la rivière, et nous nous enfonçâmes dans les joncs qui la bordaient, nous dérobant ainsi à la vue de l'ennemi.

John se décida enfin à nous faire part du projet qu'il roulait dans sa tête.

— Nous ne laisserons pas Anderson à la merci de nos implacables ennemis les Nagaarnoohs, nous dit-il, il importe du reste à nos intérêts de le délivrer. Anderson est un garçon qui a de la tête, et qui nous sera utile en toutes circonstances. Les natifs, au dire de Warbunga, l'ont enfermé dans une hutte bâtie à la hâte, et qui par conséquent ne doit pas être des plus solides. Il doit y avoir tout au plus une dizaine de guerriers à le garder, nous en aurons facilement raison. Après avoir sauvé Anderson, nous reviendrons sur la colline, et nous essayerons de nous frayer un passage malgré les Nagaarnoohs, pour nous éloigner au plus vite. Quant à l'or que nous sommes venus chercher, il n'en faut plus parler, et nous nous contenterons forcément de celui qui se trouve dans nos ceintures.

Areveja et moi approuvâmes Hasper d'un signe de tête, et nous continuâmes

notre route sans ajouter une parole, le
cœur serré par la crainte de ne pouvoir
arracher le brave Anderson au supplice
qui l'attendait.

Warbunga nous fit quitter le fond de la
rivière, quand nous fûmes arrivés à une
trop grande distance du campement pour
être aperçus des natifs, et nous nous enfonçâmes dans les bois en décrivant un cercle
dont le bivac ennemi formait le centre.

Nous étouffions le bruit de nos pas, en
ayant toujours l'oreille au guet, et le regard fixé sur les buissons environnants.

— Dépêchons-nous, murmurait Hasper
nous arriverons trop tard.

Le bivac ennemi était adossé à un bois
d'encalyptes, et regardait la colline que
nous venions de quitter.

Nous y arrivâmes après une heure de
marche.

— Le prisonnier est là, nous dit Warbunga en nous montrant une cabane for-
mée de branchages; que mes frères pâles
m'attendent!

—Non, fit Hasper à voix basse, le temps est trop précieux, il faut l'enlever de suite.

—Que mes frères pâles me laissent agir, reprit Warbunga; si je le puis, je sauverai leur frère.

Ce dévouement de l'Australien nous émut jusqu'au fond du cœur.

—Va, lui dit simplement Hasper.

Nous le vîmes s'enfoncer dans le bois, et ressortir à quelque distance de la cabane, puis s'accroupir, ramper comme un serpent, et se glisser dans les hautes herbes.

Soudain une des sentinelles releva la tête.

Warbunga resta immobile.

La hutte était gardée par une quinzaine de guerriers qui, couchés à quelques pas, semblaient dormir d'un profond sommeil.

La sentinelle croyant s'être trompée et n'avoir entendu aucun bruit, s'étendit de tout son long et se rendormit de nouveau. Warbunga attendit quelques minutes et reprit sa marche. Il touchait à la cabane.

Nous, au plus épais d'un buisson, nous suivions avec anxiété tous ses mouvements, essayant de dissiper les craintes que nous ressentions.

Nous le vîmes enjamber les corps des guerriers endormis, et rentrer dans la hutte.

Le moment était décisif.

Je m'essuyai le front, une sueur froide me perlait aux tempes. C'était la vie ou la mort d'Anderson, qui allait se décider. Au moment où Warbunga ressortait, la lune à son déclin éclairait magiquement le bivac; nous vîmes une ombre se dresser devant lui, puis s'affaisser lourdement sans pousser un cri.

Nous détournâmes les yeux avec douleur, nous pensâmes que la ruse de l'Australien avait été découverte, et nous nous attendîmes à avoir en un instant toute la tribu sur le dos. Bientôt nous entendîmes du bruit dans le fourré, les branches s'écartèrent, et Warbunga fit son apparition.

accompagné de notre ami Anderson, qui marchait avec peine.

John lui sauta au cou, Aroveja et moi fûmes tentés d'en faire autant.

— Que mes frères pâles se hâtent, interrompit Warbunga, le jour ne tardera pas.

John s'approcha du natif.

— Warbunga, lui dit-il d'une voix émue, les hommes pâles n'oublieront jamais ce que tu as fait pour eux. N'importe ce que tu leur demanderas, ils te l'accorderont, et tu peux les considérer comme tes amis.

— Je remercie mes frères, répondit l'Australien, je ne les quitterai pas, et les ferai peut-être souvenir de leur promesse.

— Viens donc avec nous, Warbunga, tu partageras nos dangers comme tu les as déjà partagés.

Anderson prit la main du natif et la serra dans les siennes. Le brave garçon ne pouvait trouver d'autre témoignage de reconnaissance, tant l'émotion le suffoquait.

Comme des oiseaux nocturnes, nous nous sauvâmes précipitamment, redoutant l'approche du jour.

Nous sortions à peine des grands joncs, qu'il commençait à poindre. Tout en marchant, Anderson nous donnait quelques explications relatives aux idées de l'Opossum-Noir et des principaux chefs nagaarnoohs, qui, disait-il, avaient l'intention de nous affamer sur la colline, et de nous empêcher par là de sortir du désert.

Warbunga passa le premier sur la branche jetée au-dessus du torrent; Hasper et moi, nous étions sur l'autre bord, et il ne restait plus qu'Areveja et Anderson, quand des clameurs lointaines, puis rapprochées, se firent entendre.

— Passez, Areveja, cria Hasper; au nom du ciel, pressez-vous.

Le Mexicain, effrayé du danger qu'il courait, hésita encore plus que la première fois, et au moment où il se décida à passer, les premiers Nagaarnoohs escaladaient déjà les quartz de la colline.

Il restait encore Anderson.

Celui-ci s'élança sans hésiter sur la branche, qu'il fit gémir sous son poids, et sauta près de nous. Puis il se retourna, saisit l'extrémité de notre pont improvisé, le tira à lui, et le jeta dans le torrent, où il se perdit dans un tourbillon d'écume.

Il était temps. A peine avions-nous tourné les premières roches, que la bande forcenée des indigènes apparaissait au bord du gouffre, et reconnaissant leur impuissance, ils faisaient retentir l'air de cris de rage.

Anderson, les jambes meurtries par ses liens, ne pouvait avancer qu'avec peine par ce périlleux passage, et était forcé de marcher à plat ventre en se cramponnant aux saillies de la pierre et aux lianes qui se trouvaient à portée de sa main.

Quand nous fûmes remontés et que nous n'eûmes plus rien à craindre, Hasper leva les yeux au ciel comme pour lui adresser un remercîment et y chercher un secours.

— Amis, nous dit-il d'une voix qui nous pénétra jusqu'au fond du cœur, tellement elle était désespérée, je crois que nous n'avons sauvé Anderson que pour avoir le dernier bonheur de mourir ensemble!

———

CHAPITRE VIII.

Nous employâmes la journée à creuser une fosse pour ensevelir le malheureux Pedro, qui avait été tué la veille par les natifs.

Anderson ignorait cette nouvelle, et ses grands yeux se voilèrent de larmes lorsqu'il aperçut le cadavre de celui qui souvent avait été pour lui un compagnon d'aventures, et un ami fidèle.

Au moment de le laisser glisser dans la fosse, nous nous agenouillâmes tous quatre et nous récitâmes une prière pour le repos de l'âme de celui qui n'était plus.

Warbunga était debout près de nous, et nous considérait d'un œil étonné; quand nous eûmes rempli la fosse, nous nous regardâmes entre nous, semblant nous demander qui nous rendrait plus tard à chacun ce dernier service.

Areveja coupa une tranche de la poitrine de l'ému que Warbunga avait apporté, la fit griller, et se mit à manger en regardant machinalement les Nagaarnoohs, qui poussaient toujours leurs cris de menaces, sans se décider pourtant à nous attaquer.

Hasper, Anderson et moi nous n'avions pas faim, et cependant depuis la veille nous n'avions pris aucun aliment. L'émotion seule nous avait nourris. Ce manque d'appétit était du reste un bienfait du ciel, car pour tous vivres nous ne possédions que trois gourdes pleines de wiskey et l'ému de Warbunga, qui était déjà fort entamé.

Nos chevaux venaient rôder autour de nous, broutant çà et là quelques plantes maigres qui semblaient pousser à regret sur ce sol granitique.

Les pauvres bêtes commençaient à se ressentir du manque de nourriture, et c'était sur elles que se fondaient nos dernières espérances pour sortir du Buisson, si nous parvenions à échapper à la surveillance des Nagaarnoohs

Anderson avait découvert une petite source s'échappant de la pente d'un rocher. Elle fut pour nous d'un grand secours sous la chaleur torride d'un soleil de feu qui tout le jour nous embrasait de ses rayons, auxquels nous ne pouvions nous dérober.

Vers le milieu du jour, nous nous aperçûmes d'une grande agitation dans le camp ennemi; les natifs vociféraient autour d'un grand squelette que nous reconnûmes aussitôt pour l'Opossum-Noir.

Il s'avança jusqu'au pied de la colline, une branche de feuillage à la main, et fit signe qu'il voulait nous parler.

— L'Opossum-Noir vient faire des propositions à mes frères pâles, nous dit Warbunga, mais la bonne foi n'habite point son wigwam, il ne faut pas accepter.

— Bien ! répondit Hasper, nous sommes prévenus.

Il engagea l'Opossum à monter jusqu'à nous. Celui-ci hésita un instant, puis, comme honteux d'avoir tardé, il s'engagea résolûment dans le petit sentier qui aboutissait à notre position.

Il était sans armes.

Hasper s'assit, les jambes croisées, sur un quartier de roche, et se mit à jouer négligemment avec sa carabine.

Warbunga dardait sur le visage du chef les mêmes regards de feu, sa main tourmentait le couteau que lui avait donné John, et sa bouche se plissait d'un sourire indéfinissable, sourire de vengeance, sourire de pitié.

— Que veux-tu ?... demanda Anderson à l'Opossum-Noir.

— Je viens faire des propositions de paix aux hommes pâles, afin qu'ils puissent, s'ils le veulent, regagner leur tribu.

— Tu mens, l'Opossum, fit Hasper d'un air distrait, tu n'es pas de bonne foi !

— Informe-toi près des guerriers de mon kraos, et tous te répondront que l'Opossum-Noir n'a jamais menti.

— Eh bien! parle... que viens-tu nous proposer?...

— Je viens dire aux hommes pâles que, s'ils veulent promettre aux guerriers na-gaarnoohs de ne jamais s'attaquer à eux ni à leurs alliés, les guerriers les laisseront s'en aller où il leur plaira, et qu'alors l'oiseau de paix sommeillera toujours sur la branche.

— Tu oublies, Opossum, insinua Anderson d'un ton railleur, que nous n'avons pas attaqué les premiers.

— Les hommes au visage pâle ont atta-qué les premiers en passant sans permis-sion sur le territoire en litige. Ils n'igno-rent pas la loi des tribus, qui défend à tout étranger de s'aventurer sur leurs terres sans une permission spéciale du grand chef.

—C'est pourquoi tu as tué un de nos com-pagnons, fit Hasper, et certes il n'y a pas

de ta faute si nous ne dormons pas tous du
dernier sommeil sur le gazon fin de la
prairie.

— Si les hommes pâles avaient voulu
venir trouver l'Aigle-Rouge, mon frère, ou
l'Opossum, ils se seraient empressés tous
les deux de guider les étrangers à travers
leur pays, et ils auraient toujours vécu
avec eux en bonne intelligence.

Pendant toute cette conversation, Warbunga ne se possédait pas ; il s'apercevait
que les propositions de l'Opossum-Noir
nous tentaient, et que nous penchions de
son côté.

— C'est un piége, me glissa-t-il dans
l'oreille ; mes frères pâles n'accepteront pas,
ou ils sont perdus !

— Alors, continua Hasper au chef, tu
nous promets que les guerriers de ta tribu
et de celles qui te sont alliées ne touche-
ront pas à un cheveu de la tête des hommes pâles ?...

— Oui, répondit l'Opossum sans hésiter,
de même que mes frères s'engageront à

ne jamais pousser leur cri de guerre contre
ces tribus.

En ce moment Warbunga s'approcha de
Hasper, et le tira à l'écart.

— Mon frère pâle, murmura-t-il, a dit
avoir des obligations à Warbunga, parce
que celui-ci a sauvé un des siens! Lui
plairait-il de me donner ma récompense?...

— Tu vas nous quitter!... exclama
Hasper.

— Plairait-il à mon frère pâle de me
donner la récompense que je lui deman-
derai?... répéta le natif avec une sourde
obstination.

— Parle, fit John, tu auras ce que tu
voudras.

— La vie de l'Opossum-Noir, murmura
Warbunga avec un sourire féroce.

John resta atterré.

— Tu vas perdre tes frères pâles, Warbunga, dit-il avec tristesse, mais j'ai promis, tu peux faire ce que tu voudras de
l'Opossum.

Le visage du natif s'illumina d'une joie sauvage, il retint un cri guttural prêt à lui échapper, et s'avança jusqu'au chef, qui était toujours immobile devant nous.

— L'Opossum, murmura-t-il d'une voix étranglée, le soleil de la vengeance luit pour moi.

— Ah! fit le chef avec indifférence.

— Oui, répéta Warbunga, mon tour est venu!

S'élançant sur lui, il le renversa comme il eût fait d'un enfant, et s'empara d'une lance.

Les Nagaarnoohs, assemblés au bas de la colline, poussèrent un cri de fureur en voyant ainsi traiter leur chef.

L'Opossum ne soufflait mot.

— Mes frères pâles peuvent voir maintenant que l'Opossum, le grand chef, n'est pas un homme, car il n'a même pas la force de pousser son chant de mort.

L'Opossum eut un sourire railleur.

— Pardonne, Warbunga, dit Hasper; que t'a donc fait le chef?...

Warbunga ne répondit pas aussitôt; il prit des bandes d'écorce qu'il avait enroulées autour de sa ceinture, et attacha solidement l'Opossum, qu'il coucha au pied d'une roche.

Puis il se plaça devant lui, les bras croisés sur la poitrine.

—Que mes frères pâles écoutent, s'écriat-il, ils sauront ce que l'Opossum-Noir a fait à Warbunga.

—L'Opossum doit savoir qu'il n'a pas toujours été le grand chef de la tribu des Nagaarnoohs, accentua-t-il d'une voix sourde. Il a atteint cet honneur parce que ses frères le croyaient brave, sa langue de cigale leur débitait à chaque instant des fanfaronnades, quand les tribus n'étaient pas en guerre. Mais Warbunga avait bien vu de suite que le grand chef n'était pas un homme, car il avait assassiné par jalousie le frère de Warbunga.

—Warbunga, fit l'Opossum-Noir, tu te trompes, je n'ai pas assassiné ton frère.

—Je retrouvai mon frère percé de trois

lances, non dans un combat loyal, car l'Opossum craignant de le regarder en face, comme la chauve-souris ne peut soutenir l'éclat du soleil, l'avait frappé par derrière. Warbunga apprit quel était l'assassin, et avec le parti vengeur de sa famille il poursuivit l'Opossum, s'enfuyant dans le kraos des N'gotaks, qui se levèrent tous en masse pour le défendre. Depuis, je n'ai jamais pu saisir l'Opossum ; mais mon frère doit être content maintenant, car l'heure de la mort va sonner pour le grand chef.

Le grand chef était plus immobile que la pierre sur laquelle il était couché, il regardait fixement le natif et semblait fort peu se préoccuper de sa vengeance.

— Je te réserve un supplice, l'Opossum, continua Warbunga avec un sourire qui découvrit ses dents blanches, un supplice qui ferait frémir le plus brave, et qui te fera souffrir comme aucun guerrier de ta tribu n'a souffert! Aucun frisson ne parcourut le corps de l'Opossum.

— L'Opossum-Noir est un lâche, ce n'est pas un guerrier, il n'a rien à répondre aux menaces de son ennemi.

Décidément l'Opossum était possesseur d'un caractère admirablement stoïque, car à toutes les menaces de l'indigène il ne sourcilla pas.

Quand il eut essuyé toute la série de reproches sanglants dont un indigène peut invectiver un de ses semblables, Warbunga ramassa une poignée de sable et la lui jeta en même temps qu'il lui crachait à la face. Cette fois, le visage de l'Opossum-Noir se contracta horriblement, il fit un effort pour se remettre sur ses pieds, puis se laissa retomber aussitôt.

— Warbunga dit à l'Opossum qu'il est lâche, murmura-t-il d'une voix haineuse; mais il est encore plus lâche que lui, car il insulte un ennemi désarmé.

Nous vîmes Warbunga sauter sur ses lances, en choisir une, étendre la main du côté de l'Opossum-Noir, puis se ravisant aussitôt, l'envoyer rejoindre les autres.

Nous étions spectateurs muets de cette scène. Hasper n'essayait plus d'intercéder, la haine du natif pour le grand chef était trop forte et trop sauvage pour tenter de la dompter.

— Demain, au lever du soleil, fit Warbunga en terminant, je montrerai à tes frères comment Warbunga sait se venger!

Hasper était désolé d'avoir été forcé de céder à la demande du natif, mais nous l'approuvions tous avec tristesse, sa parole étant engagée.

Notre position devenait donc de plus en plus compliquée, chaque nouvel événement venant encore ajouter à notre ciel déjà gros d'orages, qui ne devaient pas tarder à éclater. De terribles épreuves nous étaient encore réservées. Il fallait un miracle pour nous sauver, et dans cette triste position, nous n'espérions plus qu'en Dieu.

Warbunga s'éloigna vers le soir, en nous confiant la garde de son ennemi, et revint deux heures après, avec une douzaine de perroquets roses qui furent accueillis avec un empressement facile à comprendre.

C'était des vivres pour deux jours.

Ce qui nous charma surtout, et ramena dans nos cœurs un peu d'espoir, c'est que les kakatoës, ne se trouvant pas sur notre aride colline, Warbunga devait avoir un passage secret pour la quitter.

Nous ne devions donc pas désespérer de sortir un jour du mauvais pas où l'hostilité des indigènes nous avait jetés.

Warbunga s'assit à côté de l'Opossum-Noir, et le veilla pendant toute la nuit.

CHAPITRE IX.

Les Nagaarnoohs nous laissèrent reposer tranquilles, malgré la connaissance qu'ils avaient des mauvais traitements que Warbunga avait fait subir à leur chef; mais cette attaque différée nous sembla imminente, quand le matin Warbunga annonça à l'Opossum que sa dernière heure était venue. Malgré toutes les supplications de Hasper, le natif plaça le grand chef sur un rocher plus élevé que les autres, que les ennemis découvraient facilement, et d'où, disait-il, l'Opossum-Noir pouvait adresser son adieu à ses frères.

Il mit à sa portée quelques-unes de ses meilleures zagaies, et se mit à insulter l'Opossum pour lui faire chanter son hymne de mort.

Tous les guerriers ennemis étaient groupés dans leur bivac, et poussaient des cris de rage et des hurlements sinistres qui nous déchiraient les oreilles et nous faisaient frémir.

L'Opossum, poussé à bout, se décida enfin à obéir à Warbunga, et commença alors à chanter sur un ton grave et triste, vibrant par instants, ses hauts faits et ceux des guerriers de sa tribu, et à insulter de toutes manières les ancêtres de Warbunga et ce dernier lui-même.

Le natif se tenait en face de lui, la lance en arrêt, le jarret tendu, prêt à frapper lorsqu'il jugerait le moment convenable.

Puis il se rapprocha insensiblement, et se trouva nez à nez avec son ennemi; il tira alors de sa ceinture le couteau de chasse de Hasper, le brandit à la hauteur du visage de l'Opossum, et lui en enfonça la pointe dans l'œil.

Le sang coula, l'Opossum ne sourcilla pas, et continua à chanter, en redoublant d'insultes.

Warbunga leva son couteau une seconde fois, et frappa l'autre œil.

Cette fois le grand chef poussa un cri de douleur : il était aveugle. A cette vue, les ennemis essayèrent de lancer quelques zagaies dans notre direction, mais la distance était trop grande, elles tombèrent à quelques pas de nous.

Nous considérions avec effroi ce mode de torture employé par le natif pour venger son frère.

C'était horrible de voir la sûreté et le sang-froid avec lesquels le natif frappait son ennemi. Il se tenait là debout, semblant insulter encore le malheureux qui ne pouvait plus le distinguer, et se repaissait pour ainsi dire de l'agonie de sa victime.

Sa lèvre était plissée, légèrement entr'ouverte, laissant apercevoir deux rangées de dents blanches qui lui donnaient un aspect des plus sauvages; ses yeux foudroyaient le visage défiguré de l'Opossum, et exprimaient la haine encore inassouvie; sa main droite brandissait la lame dont il se préparait à percer le grand chef.

Celui-ci chantait toujours et sembla insensible à la douleur. Warbunga imprima une brusque secousse à sa lance, et l'envoya s'enfoncer dans la poitrine de l'Opossum-Noir, qui s'affaissa sans pousser un cri.

Le natif laissa alors échapper un hurlement de joie farouche, saisit le cadavre dans ses bras, le balança un instant et le lança au bas des roches.

Puis il se tourna vers nous.

—Mes frères pâles feront de moi ce qu'ils voudront, s'ils trouvent que je suis coupable; je puis mourir, car je suis vengé!

— Warbunga, répondit Hasper, nous n'avons pas le droit de te punir pour ce que tu as fait; ta conscience seule doit te reprocher ton crime.

L'Australien ne comprit pas, et nous tourna le dos pour regarder les guerriers ennemis, qui s'agitaient autour du cadavre de l'Opossum-Noir pour l'emporter à leur bivac.

— Préparons nos armes, nous dit Hasper, nous allons être attaqués.

Nous avions donné à Anderson la carabine et les revolvers du pauvre Pedro; il nous restait encore une forte provision de poudre et de balles, nous n'avions rien à redouter de ce côté. Les prévisions de Hasper se réalisèrent : les Nagaarnoohs, après avoir transporté leur chef dans la hutte qui avait servi à enfermer Anderson, — la seule qu'ils possédassent, — étaient revenus en face de la colline et se préparaient à l'escalader.

Toutes nos armes étaient chargées, nous nous étions placés à couvert d'une roche qui dominait le petit sentier, et nous protégeait entièrement contre les projectiles

ennemis. Deux hommes ne pouvant passer
à la fois par le sentier bordé de nopals épineux, nous avions donc des chances de
repousser nos bons amis les indigènes.

Chacun devait tirer à son tour, hormis
Areveja, qui chargerait les armes à mesure
qu'on les lui passerait.

John s'était emparé du poste le plus périlleux et le plus découvert; il était comme
nous décidé à vendre chèrement sa vie, et
à se faire tuer plutôt que de tomber vivant
entre les mains des natifs, qui, pour venger la mort de l'Opossum-Noir, nous
feraient subir les supplices les plus horribles.

Avant l'attaque, Hasper envoya Anderson mettre nos chevaux à l'abri, s'il était
possible, des lances ennemies.

Les Nagaarnoohs s'arrêtèrent au pie
de la colline, et examinèrent bien attentivement la position que nous occupions.

Après quelques minutes de délibération,
ils poussèrent leur cri de guerre et s'élan-
cèrent en rampant comme des couleuvres

daus les nopals hérissés qui bordaient le
petit sentier aboutissant à notre forteresse
improvisée.

Nous observions le plus profond silence.

Quand la première tête apparut à l'angle
de la roche, Haspor épaula et fit feu.

Un corps vint rouler aux pieds de ceux
de l'ennemi qui n'étaient pas encore
montés.

Haspor me passa son arme pour la faire
recharger par Arevoja, et s'empara de ses
revolvers.

Je me préparai à tirer, et je couchai par
terre le premier natif qui fut assez hardi
pour se montrer.

Les Nagaarnoobs se faisaient tuer un à
un, sans aucun profit. Toutes les fois que
nous apercevions un coin de face noire ou
un simple bout de plume, nous faisions
feu, chaque coup tuait un indigène.

Bientôt une pile de cadavres fut amon-
celée à l'entrée de notre petit défilé, et les
indigènes avançaient toujours.

Nos munitions diminuaient sensiblement, nous étions obligés de tirer coup sur coup, sous peine d'avoir une dizaine de guerriers sur les bras.

John me fit apercevoir alors que Warbunga avait disparu. La conduite de l'indigène était étrange dans certaines circonstances; mais nous étions trop occupés pour y réfléchir à notre aise.

Nous eûmes un moment de répit.

Les guerriers, épouvantés par les détonations successives de nos carabines, détonations qui avaient porté la mort dans leurs rangs, se consultaient encore pour savoir s'ils devaient encore recommencer l'attaque.

Les hurlements retentirent de nouveau, le chant de guerre fut entonné avec plus de vigueur, et malgré nos efforts une dizaine d'entre eux parvinrent à arriver au bout du sentier que nous défendions.

Nous étions perdus, ils étaient sur nous.

Au même instant, un roulement sourd se fit entendre au-dessus de nous, un nuage de graviers nous tomba sur la tête, et une masse de quartz, se détachant de la colline, vint s'abattre sur les indigènes plus hardis, qu'elle écrasa jusqu'au dernier.

— Bravo! Warbunga, cria Hasper, nous sommes sauvés!

Quelques minutes après, l'Australien nous rejoignait.

Il avait fait rouler le long de la colline des masses de quartz et de granit détachées depuis longtemps, et qu'un simple coup d'épaule de ce colosse avait facilement ébranlées.

Nous n'étions pas à plus de cinq mètres des indigènes, et l'adresse de Warbunga nous avait préservés de cette avalanche, qui eût pu prendre notre direction au lieu de prendre celle des natifs. Ne pouvant contenir l'expansion de ma reconnaissance, je sautai au cou de Warbunga, en le remerciant par les paroles les plus chaudes et les plus sympathiques que je pus trouver.

Nous ne comprenions plus rien à sa conduite, et nous demandions vainement quels étaient les motifs qui l'avaient ainsi décidé à combattre ses compatriotes et à leur faire une guerre aussi acharnée.

Les Nagaarnoohs se retirèrent découragés, et nous vîmes encore l'Aigle-Rouge prononcer une harangue, qui cette fois fut accueillie non par des cris d'enthousiasme, mais par des murmures de découragement.

Nous espérions maintenant en une prochaine délivrance, ce qui ne nous empêcha pas de rester toute la nuit sur le qui-vive, et de faire bonne garde.

Le soir précédent, Hasper était allé avec Anderson presqu'au ravin pour s'assurer que les natifs ne construisaient aucun ouvrage ayant pour but de leur permettre d'arriver jusqu'à nous. Quand ils étaient revenus, le visage de Hasper était un peu éclairci, et je crus même l'entendre chantonner entre ses dents.

L'avenir semblait pour nous se dépouiller de ses nuages noirs, et revêtir sa robe d'azur.

Le lendemain, à notre réveil, encore plus grande fut notre joie, quand nous aperçûmes libre la place occupée la veille par les indigènes.

Ils avaient donc abandonné la partie, pour la reprendre peut-être plus tard.

Mais l'homme, débarrassé des dangers présents, a toujours confiance en l'avenir; nous nous vîmes à jamais hors d'atteinte de leurs poursuites, et nous ne regrettâmes qu'une seule chose : la mort de Pedro, notre pauvre compagnon.

Warbunga, que nous envoyâmes en reconnaissance, nous apprit à son retour que les guerriers nagaarnoohs ne se montraient nulle part dans la forêt, et qu'ils s'étaient retirés dans leur kraos, en emportant le corps de l'Opossum-Noir.

La fin de ce siége arrivait à temps, nous n'avions plus de vivres.

CHAPITRE X.

Nous descendîmes aussitôt de la colline, et nous laissâmes nos chevaux se donner à leur aise du gazon fin de la prairie. Warbunga s'engagea à nous fournir d'aliments par le produit de sa chasse, et s'en alla aussitôt nous chercher à déjeuner.

Nous ne nous possédions pas de joie, et chacun de nous l'exprimait à sa manière. A l'ombre des grands eucalyptes, Areveja dansait comme un fou, en piétinant le gazon ; Anderson, toujours méthodique, nettoyait sa carabine en poussant de temps en temps des petits soupirs d'aise; Hasper chantait un air national, et moi, étendu de tout mon long près de lui, je l'accompa gnais du ton le plus faux qu'il fût au monde.

— Oh! murmurait Hasper, qu'il fait bon de respirer à son aise sans avoir à redouter les incartades de ces natifs!

— Tiens, Hasper, s'écria Anderson, que nous ne leur aurions pas échappé!

— Et moi aussi, répondis-je. C'est un miracle du ciel en notre faveur!

— Savez-vous, segnores, que nous avons en Warbunga un drôle de compagnon!... Et moi, qui le soupçonnais tout d'abord de nous trahir à chaque instant, lui qui nous a si bien servis, et qui a même été l'agent le plus actif de notre heureuse délivrance!

— C'est un mystère que nous pourrons peut-être approfondir plus tard, dit John; je crois, en attendant, que nous pouvons accorder une totale confiance à ce brave garçon.

Warbunga fut donc à l'unanimité placé dans le rang de nos amis.

— Nous voilà donc libres, reprit Anderson; si vous m'en croyez, mes amis, nous

allons compléter au plus vite notre provision d'or, et reprendre la route de Melbourne; je crois ce parti le plus sage de
tous.

— Tu es la prudence en personne, mon
cher, répondit John, nous suivrons ton
conseil sans le discuter. Cependant, après
les mauvais temps que nous venons de
traverser, tu nous accorderas bien un jour
de repos, afin de nous préparer à d'autres
plus heureux !

Anderson eut un sourire.

— Raillez, raillez, nous dit-il, vous
n'écoutez pas Anderson, vous le taxez de
morose; sans rougir, vous le taxez de mélancolie; mais, vous avouez cependant
que l'avis que je donne là est bon à suivre !
Du reste, je ne m'étonne pas de cette sortie
de John : quand il est en belle humeur, il
est impossible de lui faire entendre raison.

Hasper était heureux, il avait fini par
dérider le front d'Anderson.

—Anderson, répliqua-t-il sérieusement,
dès demain nous continuerons le travail

interrompu par l'attaque des natifs, et nous repartirons aussitôt que nous jugerons notre provision suffisante.

Cette journée fut donc consacrée toute entière à l'épanchement de notre joie.

Le lendemain, au point du jour, nous étions déjà sur les terrains aurifères, et nous commencions notre pénible tâche, qui fut récompensée au-delà de nos espérances.

John ne s'était pas trompé : les nouveaux champs d'or étaient riches, riches d'une quantité incalculable de parcelles et de pépites, dont les moindres pesaient plusieurs onces.

Je passerai rapidement sur notre séjour au Hasper, comme, du nom de notre ami qui l'avait découvert, nous avions appelé le placer, pour arriver au jour où nous trouvâmes nos ceintures suffisamment gonflées, et les valises placées sur la croupe de nos chevaux d'un poids assez respectable pour nous permettre de regagner Melbourne.

Pendant les derniers temps, toutes nos craintes s'étaient dissipées, aucune ombre de Nagaarnook ne s'était montrée aux environs, le hurlement du chien sauvage n'était pas venu une seule fois retentir à nos oreilles, nous nous étions endormis chaque soir dans la plus grande sécurité.

— Allons, me disais-je, quand, en brisant le quartz, je me prenais à réfléchir sur ce qui nous était arrivé, il est évident que la protection de Dieu s'étend sur nous, et puisqu'il lui a plu de nous préserver de tous les dangers qui nous menaçaient, il prendra pitié de nous, et écartera d'un signe ceux qui pourraient survenir.

La quantité d'or qui nous revenait à chacun pour notre part devait se monter à peu près à deux mille livres sterling. (50,000 fr.) Cette somme dépassait de moitié notre chiffre calculé au départ.

Or, un beau jour, Hasper, qui fumait silencieusement sa pipe auprès de notre feu de bivac, nous déclara tout-à-coup que.

selon lui, les bénéfices étaient suffisants, et qu'il était d'avis de reprendre la route de l'est, et de revenir à Melbourne.

Nous applaudîmes tous à cette décision; il nous tardait de nous trouver enfin sur un sol ami, où nous n'aurions plus rien à craindre, et où nous pourrions nous reposer de nos fatigues.

Nos chevaux, parfaitement reposés par une station de près d'un mois, ne demandaient qu'à repartir, et nous transporteraient en très-peu de temps hors du territoire en litige, où nous n'aurions pas à redouter les poursuites indigènes.

Nous pliâmes donc bagage, et l'espoir dans le cœur, nous reprîmes la route de Melbourne en suivant à quelque chose près celle que nous avions suivie pour arriver au Hasper. Warbunga ne nous avait pas quittés et nous servait de guide. Nous nous reposions dans la journée pour nous soustraire à la chaleur, et nous reprenions notre route quand le soleil touchait à son déclin.

Warbunga marchait en éclaireur devant nous, et en excellent chasseur qu'il était, tuait toujours quelque gibier, qui nous servait d'aliments.

— Amis, nous disait Hasper, une fois arrivés à Melbourne, nous tâcherons de trouver dans nos amis une dizaine d'hommes décidés, et nous retournerons aux champs d'or que nous avons eu tant de peine à quitter. Une quinzaine d'hommes suffiront et au-delà à repousser les indigènes, puisque nous les avons mis en fuite à nous quatre. Nous reviendrons encore plus riches que cette fois, et si tout réussit au gré de mes désirs, je retourne en Angleterre et j'abandonne pour toujours la vie des bois.

— C'est cela, répondis-je, encore un dernier voyage, et ce sera tout!

Dès l'aube du jour nous nous mettions en route pour profiter de la fraîcheur du matin. Dans une de nos marches matinales, et au moment où l'heure du repos approchait, il nous arriva de traverser un terrain tellement aride, qu'il était impossible d'y camper. Nous jugeâmes donc nécessaire de gagner la forêt pour attendre le soir, ce qui devait allonger de deux heures au moins notre temps de marche.

Le soleil était alors dans toute sa force, et nous obligeait, en nous écrasant de ses rayons, de ralentir le pas. Nous souhaitions vivement un peu d'ombrage et une source limpide pour apaiser la soif qui nous dévorait.

— Marchons, nous disait Warbunga, nous ne sommes pas loin.

Nous arrivâmes heureusement sous le couvert du bois, mais notre lassitude était tellement grande, que nous ne dessellâmes pas nos chevaux, et que nous laissâmes le natif les conduire ainsi au pâturage.

Areveja s'éloigna pour chercher une source, et nous promit de nous appeler s'il en trouvait une.

Nous attendions avec impatience le résultat de ses recherches, quand nous l'entendîmes au loin pousser des cris joyeux et nous appeler par nos noms.

Ce fut à qui arriverait le premier.

Areveja venait de découvrir une source, qui s'échappant de la fissure d'un rocher, venait sommeiller doucement dans un bassin encadré de hautes fougères et d'herbes aquatiques.

Le Mexicain était allongé à plat ventre et buvait avec délices cette eau transparente, qui faisait tant d'envie à l'œil.

Au moment où il se levait pour faire place à un autre, Warbunga nous rejoignait.

Il considéra la source avec défiance, et écarta Anderson, qui voulait boire à son tour.

— Mes frères pâles ont bu de cette eau?... demanda-t-il d'une voix empreinte d'anxiété.

— Areveja a eu cette chance-là, répondit Hasper, et nous allons l'imiter.

Le natif poussa un cri d'effroi.

— Mon frère pâle est perdu, murmura-t-il avec douleur, l'eau est empoisonnée !

En même temps il nous désigna au fond du bassin une masse verdâtre fixée par de grosses pierres, et composée de plantes, qu'au premier coup d'œil je reconnus pour appartenir à la famille des solanées vireuses.

C'est là le mode favori des indigènes, quand ils veulent se débarrasser des étrangers. Ils broient les tiges et les feuilles de ces sortes de plantes, qu'ils jettent ensuite dans les sources fréquentées, et ce moyen est tellement expéditif que l'eau devient mortelle en quelques heures.

Areveja commençait à devenir livide, et couché sur l'herbe, il se tordait déjà dans des convulsions qui dénotaient une douleur d'entrailles insupportable.

Nous reculâmes d'horreur à cette déclaration de Warbunga. Nous ne pouvions en croire nos oreilles, nous voulions avoir mal entendu... et cependant, nous connaissions de longue date cette ruse des natils, vengeance traîtresse, qui manquait rarement son effet.

— Warbunga, demanda Hasper d'une voix brisée, ne connais-tu aucun moyen de sauver mon frère ?...

— Non, répondit le natif, il n'y a pas de remède, il a trop bu !

Nous enveloppâmes Areveja d'un regard désespéré.

— Que mes frères pâles m'attendent ! s'écria Warbunga, je vais chercher, et je reviens.

— Peut-être y a-t-il encore espoir ! fit Hasper en s'agenouillant près du Mexicain.

— Je brûle !... hurlait Areveja en se roulant sur le gazon et se déchirant la poitrine de ses ongles, là !... là !... je souffre !...

C'était navrant de voir ainsi un ami s'éteindre sous nos yeux sans pouvoir le secourir.

Quelques minutes après, Warbunga revint.

Il avait l'air désespéré.

— Je n'ai rien trouvé, nous dit-il, mon frère pâle est perdu!

Nous courbâmes la tête sous cet arrêt du ciel qui condamnait Areveja.

Toute la nuit nous restâmes auprès de lui, et assistâmes à ses souffrances. Le lendemain, au point du jour, il s'éteignit dans les plus atroces convulsions.

Nous lui creusâmes une fosse au pied d'un encalypte, et nous y enterrâmes son cadavre, qui descendit à sa dernière demeure accompagné de tous nos regrets.

Anderson coupa deux petites branches, en forma une croix, et après avoir inscrit sur l'écorce le nom du Mexicain il la planta sur la tombe, pour avertir les chercheurs d'or qui passeraient peut-être un jour en cet endroit, qu'un de leurs semblables y dormait du repos éternel.

Notre petite troupe était réduite à trois.

Et il était évident que les Nagaarnoohs nous poursuivaient toujours, puisqu'ils avaient empoisonné cette source.

Ce ne pouvait être qu'à notre intention.

Nous allions nous éloigner, et appeler Warbunga pour qu'il nous ramenât les chevaux, quand soudain surgit de tous côtés une nuée de natifs, tatoués de blanc, la massue et la lance à la main, entonnant leur hymne de guerre.

Nous fûmes entourés en un clin d'œil, et garrottés sans pouvoir nous défendre... Nous avions laissé nos armes au campement, sous la garde de Warbunga.

La main de Dieu s'appesantissait de plus en plus sur nous, et nous faisait sentir que l'homme ne doit jamais se confier aveuglément dans la réussite des projets qu'il a formés.

Hasper me jeta un coup d'œil désespéré.

— Adieu, me fit-il, on va peut-être nous séparer, c'est la fin !

— Espérons, répondis-je avec un sourire navré qui disait tout le contraire !

Anderson paraissait insensible à tout.

Les natifs s'étaient groupés autour de

nous en levant leurs massues et leurs zagaies, nous allions être massacrés sans pitié, quand ils furent écartés par un natif portant les insignes d'un chef, c'est-à-dire le bracelet blanc au bras, les plumes de héron dans les cheveux.

— Les hommes au visage pâle chanteront leur hymne de mort au kraos, s'écriat-il, ils mourront comme ils ont fait mourir.

Nos cheveux se hérissèrent d'épouvante à l'idée de cet horrible genre de mort que nous réservaient les natifs.

— C'est l'Aigle-Rouge, me dit Hasper.

— Ah!... fis-je indifféremment.

La soif la plus affreuse me dévorait.

Les natifs restèrent quelque temps à faire rôtir un kangurou qu'ils avaient tué, et se le partagèrent ensuite; ils nous enlevèrent les liens qui nous attachaient les jambes, et nous firent signe de marcher au milieu d'eux.

Au moment où nous passions devant un buisson de mimosas, j'aperçus ensevelie dans le feuillage une figure noire qui ne

m'était pas inconnue, il me sembla que
cette figure me faisait un signe d'intelligence, puis j'avançai, poussé par les
natifs.

J'avais eu le temps de reconnaître Warbunga.

— Nous pouvons encore espérer, dis-je
à Hasper, je viens de voir Warbunga qui
m'a fait un signe, voulant dire sans doute
qu'il mettrait tout en œuvre pour nous
sauver.

— Il ne le pourra pas à lui seul, fit Hasper; je n'attends rien maintenant si ce
n'est une vie meilleure, après celle-ci, que
nous allons bientôt quitter.

John portait sur le visage les traces du
plus profond découragement. Lui, d'ordi-
naire si brave, avait été glacé d'effroi par
la déclaration de l'Aigle-Rouge, et son œil
hagard semblait indiquer qu'il n'appartenait déjà plus au monde d'ici-bas!

CHAPITRE XI.

Le lendemain, lorsque les natifs, après leurs cris de joie et leurs danses d'allégresse, — à cause de notre capture, — se décidèrent à continuer leur route vers le kraos où ils nous menaient, je crus encore apercevoir l'ombre de Warbunga passant dans la forêt à une assez grande distance de nous.

Quand je communiquais mes espérances à Hasper, celui-ci me répondait invariablement que notre délivrance était chose impossible, et que Warbunga, malgré toute la bonne volonté que je lui supposais, serait impuissant à lutter contre tout un kraos de natifs qui ne nous perdraient pas de l'œil une demi-seconde.

Anderson était résigné, il avait pris son parti en brave, et au fond, peu lui importait, je crois, la terrible mort qui nous était réservée.

A notre entrée dans le village indigène nous fûmes escortés par toute la population, natifs et natives, qui nous suivirent jusqu'à la hutte où l'on nous renferma, en nous jetant des pierres, nous frappant des bois de lancés, et nous couvrant d'invectives.

Je remarquai en ce moment qu'Anderson avait le sourire sur les lèvres.

Hasper, tout au contraire, avait la rage dans le cœur, et regardait d'un œil farouche toute la population ennemie. Le kraos nagaa nooh, autant que j'avais pu l'examiner, était placé sur l'extrême sommet d'une colline, dominant une immense partie de la forêt, qui s'étendait au loin et se confondait dans les teintes vaporeuses et bleuâtres du matin, que les premiers baisers du soleil levant n'avaient pas encore dissipées.

Une rivière profonde déroulait un peu plus loin son ruban d'argent, et s'en allait serpentant à travers la prairie.

Les huttes des indigènes étaient coquettement étagées sur le penchant de la colline, ensevelies au milieu d'une florissante végétation, et pour ainsi dire dérobées aux regards par les cèdres et les encalyptes qui les ombrageaient de tous côtés. Malgré notre triste position, je ne pus m'empêcher d'admirer toutes ces merveilles, et d'espérer encore davantage en la bonté de Celui qui a tout créé, depuis les plus grands arbres et le ciel d'azur, jusqu'au plus petit brin d'herbe et au moindre grain de sable.

— Le Créateur de toutes ces choses ne nous abandonnera pas, répétais-je incessamment dans mon esprit, poursuivi par cette idée fixe que nous ne partagerions pas le sort que nous réservaient nos ennemis.

Vers le milieu de la journée, un indi-

gène nous apporta quelques racines cuites
sous la cendre, et un peu d'eau.

Il nous délia les mains, et nous pûmes
prendre quelque nourriture et apaiser la
soif qui nous torturait depuis la veille.

Après notre repas, l'Aigle-Rouge fit son
entrée dans la hutte où nous étions ren-
fermés.

Hasper nous jeta un sourire plein de
dédain.

Le grand chef portait son costume de
guerre, il était tatoué de blanc depuis les
oreilles jusqu'aux pieds, avait son couteau
de silex et sa massue passés dans sa ceinture, et tenait quelques lances à la main.
Une superbe plume d'aigle enfoncée dans
sa chevelure crêpue, qui était elle-même
retenue par des joncs tressés, ondoyait au-
dessus de sa tête, et indiquait à tous sa
dignité.

Il vint s'appuyer contre la fermeture de
la hutte, et se mit à nous toiser des pieds
à la tête.

Aucun de nous ne se décidait à parler.

— Dans trois jours, le soleil ne se lèvera plus pour les hommes pâles, commença l'Aigle-Rouge; ils seront frappés comme ils ont frappé mon frère l'Opossum-Noir.

Hasper nous lança un coup d'œil pour nous engager à ne pas répondre.

— Tous les guerriers du kraos leur cracheront au visage, continua l'Aigle-Rouge avec un sourire farouche, et leurs entrailles seront abandonnées aux urubus et aux chiens de la prairie.

— L'Aigle-Rouge ne sait ce qu'il dit, répliqua Hasper. Les hommes pâles ne seront pas tués par les guerriers de ton kraos, car le Grand-Esprit, qui les protége, les tirera de leurs mains.

— Les femmes danseront sur vos cadavres, reprit le grand chef. Le Grand-Esprit n'aime pas les hommes à la face pâle, il ne protége que les guerriers nagaarnoohs!

— Que rapportera à tes guerriers la mort des hommes pâles? dis-je à mon tour.

— La vengeance! répondit l'Aigle-Rouge.

Le silence le plus complet régna dans la cabane.

— Les hommes pâles peuvent se préparer à mourir dans trois jours, termina l'Aigle-Rouge, nous verrons si ce sont des hommes.

— Nous te le prouverons, murmura Anderson en anglais.

Le grand chef releva orgueilleusement la tête, raffermit sa plume dans son chignon, composa sa démarche, et sortit en nous jetant un dernier regard de haine.

— La situation n'est guère améliorée, dis-je à mes amis.

— A la grâce de Dieu, répondit Anderson.

— Je doute qu'il nous accorde celle-là, fit John, c'est trop demander!

Lorsque le soleil se fut couché dans son lit de pourpre, que les étoiles scintillèrent comme des diamants sur la nappe d'azur, les guerriers commencèrent leurs danses et leurs divertissements. Ce fut un tumulte indescriptible. Les hurlements se croisaient dans l'air, des cris gutturaux y répondaient, les natifs sautaient, dansaient, chantaient en brandissant leurs massues, et en enfonçant leurs lances dans le tronc des arbres comme pour simuler un combat.

J'avais réussi à me traîner jusqu'à un coin de la hutte où les branchages disjoints laissaient voir une partie du kraos. Les deux natifs qui gardaient l'entrée de notre prison étaient si préoccupés de regarder tout cela, — il est probable, — et enrageaient tellement de ne pouvoir en prendre leur part, qu'ils ne s'aperçurent point de ma curiosité.

Soudain je retins un cri de joie prêt à m'échapper. Dans un effort que je venais de faire pour me rapprocher du trou, une des lianes qui m'entouraient les poignets venait de se rompre... J'avais les mains libres.

Je m'approchai de Hasper et d'Anderson.

— Amis, leur dis-je, je ne sais ce qui va nous arriver, mais je crois que l'heure de la délivrance est venue. C'est à nous de profiter de l'occupation des natifs pour tenter de fuir. J'ai les mains libres!

En disant ces mots j'avais dénoué les liens de mes deux compagnons. Hasper semblait rayonner.

— Attendons, me dit-il, qu'ils aient terminé leurs réjouissances, et quand tout le kraos sera endormi...

Je lui serrai la main.

Soudain un cri terrible traversa les airs, et fut suivi d'un concert d'imprécations.

Je m'approchai du trou, et à la clarté des torches, j'aperçus un natif se débattant au milieu des siens, qui semblaient vouloir le retenir.

Les deux natifs qui nous gardaient prirent leur course et allèrent se mêler au combat qui menaçait de s'engager.

— Hasper, murmurai-je, voilà le moment!

— Va, me répondit-il, je te suis.

Je passai le premier et poussai le battant de bois qui servait à fermer l'entrée de la cabane, puis tournant subitement, je m'enfonçai dans les hautes herbes, suivi de Hasper et d'Anderson.

Les natifs ne s'étoient aperçus de rien.

Nous accélérâmes notre fuite en nous dirigeant vers la rivière. Quand nous fûmes assez éloignés du kraos, Hasper m'arrêta :

— Es-tu bien sûr, me demanda-t-il, d'avoir vu Warbunga à notre suite?...

— Si j'en suis sûr, répondis-je, comme je te vois maintenant.

— Il faudrait le retrouver, reprit Hasper, sans lui nous ne sortirons jamais de ce mauvais pas. Nous voilà encore une fois libres, mais il s'agit de ne pas nous laisser reprendre, ou nous en serons quittes pour le supplice de l'Opossum-Noir...

— Tais-toi, Hasper, interrompis-je, ne parle pas de ces choses-là !

Je ne pouvais distinguer le visage de

Hasper, mais je devinai un sourire sur ses lèvres.

— C'est cependant ce qui nous était réservé, me dit-il à l'oreille, et Anderson n'a guère eu l'air de s'en émouvoir.

Nous descendîmes rapidement vers la rivière en nous glissant dans les grandes herbes qui la tapissaient depuis la base jusqu'au sommet.

Nos cœurs battaient bien fort, cette évasion imprévue nous avait complètement ahuris. Parfois je me tâtais pour m'assurer si je n'étais pas en proie à quelque rêve.

C'était bien la réalité, nous étions libres, nous avions la forêt devant nous, Melbourne et le bonheur pour horizon.

— Je ne pensais pas dire la vérité à l'Aigle-Rouge, murmura John, en le prévenant que les hommes pâles ne seraient pas tués par ses guerriers. Quelle piteuse figure va faire le pauvre chef en s'apercevant de notre fuite !

— Il nous prendra pour des sorciers, fit Anderson.

Nous étions arrivés au bord de la rivière, elle était peu large, mais profonde, et aucun de nous ne se sentait de force à la traverser à la nage.

Pour venir, nous l'avions passée avec nos chevaux, et, chose étrange! nous avions rasé le village indigène sans l'apercevoir, tellement il était bien enseveli sous son dôme de feuillage.

Hasper s'enfonça dans les joncs et revint aussitôt.

— Venez, nous dit-il.

Nous le suivîmes jusqu'au bord, et nous aperçûmes une masse noirâtre autour de laquelle clapotaient doucement les eaux du courant.

C'était une des rares pirogues dont les Australiens se servent pour remonter les rivières, embarcation abandonnée sans doute par son propriétaire, et dont nous nous saisîmes avec empressement. Nous y entrâmes tous trois, Anderson et Hasper prirent les pagaies, et se mirent en devoir de couper doucement le courant pour arriver à l'autre bord.

Tout-à-coup, nous vîmes la colline s'illuminer de lueurs rougeâtres, des cris retentir au loin répercutés par l'écho, et les natifs descendre comme un ouragan de la colline.

Tout était perdu, nous étions découverts.

— Force de rames, dis-je à Anderson, peut-être pourrons-nous leur échapper!

Nous nous mîmes à pagayer de toutes nos forces en nous abandonnant au courant, qui nous aidait beaucoup dans notre navigation.

Mais bientôt nous entendîmes à quelques brasses en arrière un clapotement bien plus régulier que le nôtre, et des cris qui arrivaient à nous.

Les natifs étaient dans une pirogue à notre poursuite. Nous allions être atteints.

Anderson, d'un vigoureux coup de pagaie, changea de direction et fit entrer notre esquif dans une petite crique bordée de joncs, où nous étions invisibles.

Nous restâmes là, écoutant avec effroi les mouvements de la pirogue qui se rapprochait.

Elle passa devant nous et continua à descendre.

Nous retenions notre respiration de peur que le moindre bruit ne vînt apprendre à nos ennemis le secret de notre cachette.

La nuit était si noire que les natifs ne nous avaient pas vus opérant notre manœuvre; bientôt ils repassèrent, remontant le cours de la rivière que tout-à-l'heure ils descendaient.

Une heure, un siècle s'écoula pour nous. Il fallait cependant se décider à fuir et ne pas attendre le jour, qui nous eût fait infailliblement découvrir.

Anderson dégagea la pirogue de la vase où elle s'était enfoncée, et nous sortîmes de la petite crique en interrogeant les environs d'un regard plein d'angoisse.

A peine étions-nous au milieu du cou-

rant, que des cris de triomphe éclatèrent
auprès de nous. La pirogue montée par les
indigènes nous touchait presque de son
avant.

Ils s'étaient douté que nous étions
cachés en quelque endroit, et avaient patiemment attendu notre départ.

Nous n'avions plus rien à espérer; nous
étions repris!

— Tiens, me dit Hasper, puisque notre
sort est fixé, et qu'il n'y a plus d'espoir,
mieux vaut mourir tout de suite que d'être
torturés par les indigènes!

En même temps il se signa, et se penchant sur un des côtés de la pirogue, il la
fit chavirer.

L'eau bouillonna violemment, envelop-
pant dans son remous la pirogue des natifs.

———

CHAPITRE XII.

Quand nous revînmes à nous, nous étions dans la hutte d'où nous nous étions enfuis, croyant échapper aux poursuites des Nagaarnoohs.

Nos vêtements étaient trempés, les liens qui nous attachaient les bras et les jambes avaient été resserrés et nous rentraient profondément dans la chair.

Le soleil pénétrait dans la cabane, et, selon l'expression de l'Aigle-Rouge, le terrible chef, le soleil éclairait notre dernier jour.

Nous devions être mis à mort le lendemain matin.

C'était une seule journée qu'il nous restait à vivre, puisque, malgré l'énergie que nous avions déployée, il ne nous restait aucune chance de salut.

Par les trous de la hutte, j'aperçus une bande de natifs devant la porte.

— La surveillance a été redoublée, pensai-je, à quoi bon maintenant!...

Hasper et Anderson étaient à mes côtés, parfaitement éveillés, et semblant ne ressentir aucun effet de notre bain volontaire de la nuit.

— John, dis-je à Hasper, c'est notre dernier jour!

— Le plus tôt ne vaudra que le mieux, me répondit-il; les souffrances physiques ne seront rien auprès des souffrances morales que je ressens.

— Je savais bien que je ne pouvais mourir ailleurs qu'en Australie, fit stoïquement Anderson.

— La mort ne m'épouvante pas, reprit Hasper, mais le regret que j'éprouve, c'est de ne pouvoir embrasser ma vieille mère avant de mourir, et de penser que jamais

elle ne pourra venir prier sur ma tombe!...
Et puis, notre vieille Angleterre, j'aurais
été si heureux de la revoir!... Enfin, continua-t-il avec une résignation navrante,
à la volonté de Dieu!

Et une larme vint briller sur les cils de
mon vieil ami.

— Anderson est heureux, remarquai-je,
il ne laisse après lui aucune affection, tan-
dis que nous...

Je n'achevai pas.

— Ne nous plaignons pas, interrompit
John, les souffrances d'une heure que
nous endurons maintenant ont pendant
des années brisé le cœur du pauvre Anderson. Dieu n'a pas voulu que nous retournions au pays, voilà tout!...

— Amis, murmura Anderson d'une voix
émue, nous avons vécu ensemble, nous
mourrons ensemble. Nous serons unis dans
la route que nous allons parcourir pour
entrer dans l'éternité. Consolez-vous, car
je comprends votre douleur, sans pouvoir
y apporter de soulagement.

— Tu es un brave cœur, Anderson, lui dit Hasper, et la seule grâce que je demande, c'est de pouvoir une dernière fois te serrer la main.

Chose impossible! nos membres étroitement liés ne nous permettaient aucun mouvement.

Lorsque l'on voit approcher sa dernière heure, que l'on sent déjà la mort vous toucher du bout de son aile, une image vient toujours se présenter à votre esprit, et réveiller en vous les doux souvenirs d'amour du passé.

Cette image, pour moi, c'était une tête de femme, encadrée de cheveux blancs, le visage éclairé d'un bienveillant sourire, et dans les yeux de laquelle on voyait cependant briller une larme.

C'était à celle qui avait bercé mon enfance que mon esprit se rattachait tout entier, c'était à elle que j'envoyais, comme suprême témoignage d'amour, le dernier baiser de son fils. Puis je me transportais en Angleterre, je me retrouvais dans ma famille, entouré de tout le bonheur que l'or peut donner à l'homme, je revoyais ma chère patrie, et je bénissais Dieu, qui récompensait ainsi tous mes labeurs passés.

Quand je sortis de ces riantes chimères, la réalité ne fut que plus terrible, et sans force, abattu, je me mis à pleurer comme un enfant.

Mais je séchai bien vite ces quelques larmes arrachées par le désespoir, et je redevins homme.

La journée s'écoula pour nous lente et terrible, et semblait nous crier aux oreilles que chaque minute qui s'écoulait nous rapprochait davantage du terme de notre existence.

Le soir venu, nous entendîmes les indigènes reprendre leurs danses et leurs jeux, et se réjouir d'avance du spectacle qui les attendait au réveil.

Nous nous rapprochâmes les uns des autres, et nous mîmes à causer pour bannir les tristes pensées qui nous venaient à l'esprit.

Depuis quelque temps, j'entendais au-
dessous de nous comme un bruit sourd, se
rapprochant de plus en plus, et semblant
ébranler le sol de la hutte.

Un faible rayon d'espoir vint me ré-
chauffer l'âme. Je songeai à la délivrance.

Mais qui pouvait venir nous arracher
aux tortures du lendemain !... Nous étions
seuls, isolés de tout secours au milieu de
la forêt.

— Ecoute, me dit Hasper d'une voix
tremblante, il me semble que l'on creuse
au-dessous de nous !

— Peut-être un phascolome qui creuse
son terrier ! remarqua Anderson.

Cette judicieuse remarque nous fit retomber dans notre anéantissement. Le
bruit se rapprochait toujours.

Tout le kraos était endormi, sauf les
guerriers qui gardaient notre hutte.

— Si c'était le salut ! dis-je à Hasper.

Celui-ci secoua tristement la tête.

Je m'étais traîné vers l'endroit d'où par-
tait le bruit, et j'écoutais. J'entendais des

coups répétés ébranler la terre, parfois des craquements qui indiquaient que l'on brisait des racines; puis les coups redoublaient et continuaient toujours en se rapprochant de nous.

Soudain une large motte de terre se souleva et sauta dans la hutte, et je vis apparaître une tête.

C'était celle de Warbunga.

Le natif mit un doigt sur ses lèvres, et sortant du trou qu'il avait creusé, se mit à couper nos liens avec le couteau qu'il tenait à la main, et qui lui avait servi de pioche pour arriver jusqu'à nous.

La lune inondait la hutte de sa clarté en laissant filtrer sa lumière par le toit délabré.

Il faisait clair comme en plein jour.

Quand il s'approcha de moi, je m'aperçus qu'il avait les mains déchirées, le visage couvert de terre, à travers laquelle perçaient quelques gouttelettes de sang.

— Mes frères pâles vont descendre par-là, nous dit-il à voix basse, ils se laisseront glisser et m'attendront.

Nous ne pouvions parler, notre cœur débordait de joie.

Anderson passa le premier, je le suivis; Hasper ferma la marche. Le trou creusé par Warbunga était de largeur à laisser passer un homme couché à plat ventre, et aboutissait à une excavation naturelle située dans les flancs de la colline, où nous nous blottîmes en attendant le natif.

— Mes frères pâles sont sauvés, nous dit-il à voix basse, ils n'ont qu'à me suivre.

Il nous fit passer sous les cèdres de la colline, et nous mena jusqu'à un bouquet de gommiers où quatre chevaux étaient attachés.

C'étaient les nôtres.

Warbunga sauta en selle avec la légèreté d'un kangurou, et nous fit signe d'en faire autant.

Cinq minutes après, nous étions de l'autre bord de la rivière, et en moins de deux heures nous avions pris plus d'avance qu'il n'en fallait pour empêcher les natifs de nous rejoindre.

Warbunga nous raconta alors comment, après la mort d'Areveja, et notre enlèvement, il avait caché nos chevaux dans un endroit à lui seul connu, et nous avait suivis jusqu'au kraos. Là, sachant où l'on nous avait enfermés, il avait creusé, et avait été assez heureux pour arriver jusqu'à nous.

Il racontait avec tant de simplicité que nous en fûmes émus.

— Warbunga, lui dit Hasper, je ne sais comment te récompenser de tout ce que tu as fait pour les hommes pâles.

— Je n'ai besoin de rien, répondit le natif, mes frères pâles n'avaient pas tué l'Opossum-Noir.

C'était donc par esprit de justice qu'il s'était dévoué pour nous sauver.

Notre or, nos armes, tout notre bagage en un mot se trouvait sur la selle comme nous l'avions laissé.

En arrivant près des palissades de la première station anglaise, Warbunga descendit de cheval et nous fit ses adieux.

Hasper lui remit une carabine et toutes les munitions dont nous pouvions disposer, et le contraignit à garder le cheval d'Areveja.

— Warbunga, lui dit-il en lui tendant les mains, n'oublie pas que si jamais tu as besoin de tes frères pâles, tu sais où les trouver !

— Les hommes pâles sont bons, répondit le natif en retenant une larme qui cherchait à percer dans son œil noir, je prierai le Grand-Esprit pour les hommes pâles!

Et il s'éloigna de toute la vitesse de son cheval.

.   .   .   .

.   .   .   .

Maintenant, ami lecteur, que pourrais-je ajouter?...

Une fois à la station, nous n'avions plus rien à craindre, et nous espérions y trouver un guide pour nous reconduire à Melbourne.

Nous prîmes huit jours de repos complet, nous en avions grand besoin.

Un mois après, nous arrivâmes à Melbourne, où l'on nous croyait morts depuis longtemps. Nous ne revenions pas tous, deux de nos compagnons reposaient, en effet, sous les grands arbres de la prairie.

Les dangers que nous avions courus nous dégoûtèrent de toute autre expédition. Satisfaits de la somme ronde que nous possédions, nous décidâmes Anderson à nous accompagner, et nous nous embarquâmes sur un steamer qui nous ramena en Angleterre.

Anderson, toujours morose, a juré de revenir mourir en Australie, sa terre d'adoption, qui, prétend-il. lui est plus chère que son pays natal.

FIN.

Limoges. — Imp. Eugène Ardant et Cⁱᵉ

Original en couleur

NF Z 43-120-8